·衛斯理小説典藏版 40·

真菌之毀滅

衛斯理
親自演繹衛斯理

《真菌之毀滅》

新之又新的序言，最新的

衛斯理小説從第一次出版至今，歷時已近半世紀，總共出了多少正版，還能計得清，若是連盜版一起算，那就算找外星人來算，也算勿清楚哉！不知能不能也算世界紀錄。

算得清好，算勿清也好，能幾十年來不斷出新版，説明不斷有讀者加入，對作者來説，沒有更值得高興的事了，謝謝所有喜歡衛斯理的人，謝謝謝謝。

倪匡

二〇二〇年六月四日 香港

幾句話

寫了四十多年小說，論者將拙作分為三個時期：早、中、晚。在明窗出版的一批，屬於早期和中期的上半。三個時期的創作風格有相當程度的不同，所以風評不一。本人並無偏愛，但讀友對早期的作品，頗有好評，大抵是由於在早、中期作品之中，主要人物精力充沛，活力無窮，所以使故事曲折多變，小說也就格外吸引。明窗出版社此次重新出版這批作品，正好讓大家來證明這一點。

四十餘年來，新舊讀友不絕，若因此而能有新讀友，不亦快哉！

二〇〇五年十一月六日

序言

校刪訂正完《妖火》的續集之後，相當感慨，在不少處，加了按註，説明當時屬於幻想中的情形，已成了目前日常生活中十分普通的現象。

冬蟲夏草，真菌繁殖的設想，是第一篇科幻小説的題材，因此自己一直十分喜愛這個設想，讀者諸君如有興趣，不妨弄一支「蟲草」來仔細觀察一下——模樣殊不可愛，但確然能引起人的幻想力的。

衛斯理（倪匡）

一九八六年八月十三日

目錄

第十二部

毀滅全世界的力量

來到了門口，我才停了一停，道：「我可能要回去，你可有什麼話，要和你父親、姊姊說的？」

張小龍身子，又震了一震，這才抬起頭來，道：「他們怎麼樣了？」

我真想趁這機會，不顧一切，將我的身分，我心中所想的，全都和他一股腦兒，講個清楚。

但是，我卻知道這樣做了之後，反而會對我、對張小龍不利。

所以，我竭力使我的聲音顯得冷酷，道：「他們怎樣，那要靠你來決定了。」我的話中，微有威脅之意，那當然不是我的真心，而是為了滿足偷窺者而已。

張小龍自我進來之後，一直呆在那張椅子上不動，可是，我那句話才一出口，他突然之間，站了起來，抓起一隻杯子，向我擲了過來。

我身子一閃，那個杯子，「乒」地一聲響，在牆壁上撞得粉碎。

他戳指向我大罵，道：「出去，滾出去，你們這群老鼠，不是人，是老鼠！」

他罵到這裏，面色發青，口唇發白，顯見他的心中，怒到了極點，在喘了幾口氣之後，又「砰」地一拳，擊在桌上，道：「如果有可能的話，我要將你們，都變成真正的老鼠！」

他目射怒火地望着我。我問心無愧，自然不會感到難堪，我只是迅速地退了出去。當我來到了實驗室的門口之時，那門自動地打了開來。

我退出了門外，門自動地關上，我聽得漢克的聲音，在我背後響起，道：「你的工作做得不好。」

我聳了聳肩，道：「你不能要求一天造羅馬的。」

漢克的面色，十分冷峻，道：「有一位重要的人物，要召見你。」

我心中一凜，道：「是最高領袖？」

漢克一聲冷笑，道：「你別夢想見到最高首領了，他是不會見你的，要見你的，是他四個私人秘書之一，地位也夠高的了。」

我裝着不經意地道：「地位在你之上？」

這一問，實是令得漢克，感到了十二萬分的狼狽。如果他不是高傲成性的人，他可以十分簡單地回答：「是的，他地位在我之上。」

可是，漢克的地位不高，卻又偏偏不願意有人的地位比他高，他高傲的性格，令得他不肯承認地位比人低的這一事實。

但是，他卻又不敢胡說，因為在這裏說錯了一句話的後果，連我都可以料想得到了，漢克當然不會不明白的。他面色呆了片刻，才含糊地答應了一聲。

我知道我這一問，更可以刺激他向高位爬上去的野心，這是我下的伏筆，可能一點作用也沒有，但也有可能，起意想不到的作用！我心中暗暗高興，跟着漢克，走進了升降機。

沒有多久，我們又站在一扇鋼門之前，門內響起了一個十分嬌柔的聲音，道：「進來。」

漢克推門進去，只見近門處，放着一張桌子，在桌子後面，坐着的一位小姐，竟是美麗的日本小姐，她向我們笑了一笑，道：「甘木先生在等你們。」

漢克板着臉，像是要維持他的尊嚴一樣。

我們又進了另一扇門，那是一個很大的會客室，在我進去的時候，我看到一張單人沙發上，坐着一個人。那人的臉面，我看不清楚，但是我卻看到他在閱讀一份《朝日新聞》。

我向那份《朝日新聞》的日子，看了一看，心中不禁暗暗吃驚，因為這日子，和我日曆錶上的日子吻合。也就是說，他們雖然在海底，卻可以看到世界各地，當天的報紙！

我們進了會客室，那人放下了報紙來，向我們作了一個官樣文章似的微笑。

我向那人望了一眼，心中又不禁吃驚。

那是一個日本人。而且，他的裝束、神情，都顯出他是一個徹頭徹尾的日本軍人（第二次世界大戰時期的日本軍人）。同時，從他的神情中，我還可以肯定，他過去在日本軍隊中，有着極高的地位。我甚至感到十分面熟，像是曾看到過他的照片一樣。

他向漢克搖了搖手，漢克連忙躬身退了出去。

然後，他以英語向我道：「請坐。」

我坐了下來，道：「你祖國有什麼特別的新聞？」

他似笑而非笑地道：「沒有什麼，無聊的政客，發表着無聊的演說，沒有人檢討失敗的原因，天皇成了平民！」

我倒未曾想到一句話，會引起他那麼多的牢騷，他一定是屬於不甘願於日本在第二次世界大戰中失敗的那種最頑固的軍人了。

他頓了一頓，道：「我叫甘木。」

我立即道：「我相信這一定不是你真正的名字。」

甘木吃了一驚，神態也不像剛才那麼倨傲了，他身子向前俯了一俯，道：「你認識我麼？」

我其實並不認識他，而且，我感到他臉熟，也只是因為他面上的那種典型的日本軍人的神情而已。

但是我卻點了點頭，道：「我知道你的時候，你正統率着幾萬人的大軍。」

我的這句話，實在說得滑頭之極。因為我既然肯定他在軍隊中的地位頗高，當然可能統率過幾萬人的。他聽了之後，將身子靠在沙發背上，道：「那時，你是幹什麼的？」

我笑了一笑，道：「游擊隊。」

在日寇佔領下的任何地方，都有游擊隊的，我講的仍是滑頭語。

甘木道：「馬來亞森林中的滋味不好嘗啊，是不是？」這是他自己透露出來的了。我知道他曾在馬來亞服過役了。如果我能出去的話，要偵知他的身分，那是十分方便的一件事。我只要查閱日本馬來亞派遣軍的將官名單，對照他的相片，便可以知道他是誰了。

當時，我只是笑了一笑，而在那時，門開處，又有一個日本人走了進來。

我向那人一看之際，心中才真正地感到了吃驚。

因為那個日本人，我是絕對可以叫得出他的名字來的！當然，此際我仍不便寫出他的名字來。

但是，那日本人卻是一個世界知名的新聞人物，他過去是一個政客，曾經在中國活動，而最近，他的「失蹤」，曾使得世界各地的報紙，列為重要的新聞，有的消息，甚至說他在印度支那的叢林中死了，卻想不到他會在這裏出現！

（一九八六年加按：這個日本人神秘失蹤，直至今日仍然成謎。）

他走了進來之後，向甘木點了點頭，在我的斜對面，坐了下來。

甘木又欠了欠身子，道：「衛先生，當你見到他的時候——」甘木伸手向那後進來的人指了指，續道：「你應該知道，你要離開這裏的可能性，已經是很少的了！」

我點了點頭道：「我知道，我知道得太多了。」他們兩人，滿意地笑了笑。

甘木一伸手，接連按了幾個掣鈕，嵌在牆上的三架電視機，同時發出了閃光，不一會，三架電視機的熒光屏上，出現了不同角度攝取的同一間房間的情形。我望了過去，那正是張小龍的房間。

張小龍正在焦急地踱來踱去，面上現出十分憤怒的神色。我們甚至於可以聽到他的呼吸聲。甘木和那著名的日本人，一齊向那三個電視機看了一會，又將電視機關掉。

甘木道：「衛先生，你的工作做得不好。」

我立即道：「我沒有法子做得好的，你們不肯給我了解張小龍的機會，而且，我還根本不知道，你們要我勸服張小龍，是要張小龍為你們做些什麼？」

甘木冷冷地道：「那你不需要知道。」

我道：「那就怪不得我了，你們又要瞞住我，又要我工作做得好，那怎麼有可能？」

甘木面色一沉，道：「我要提醒你，這裏的一切，全是以最嚴格的軍事行動來控制的。你既然到了這裏，也必須服從這裏的一切，不能完成指派給你的工作，你會有什麼結果，你自己是應該知道的，是不是？」

老實說，在這樣的情形下，我當真不知道應該怎樣對付他們才好。

我曾經和國際知名的盜匪、龐大的賊黨，進行過你死我活鬥爭。但是，如今我面對的，卻是這樣一個掌握着尖端科學的野心集團。它的成員，絕不是盜匪，如果撇除了他們的野心不説，這些人，可能都是第一流的軍事家、政治家、組織家和間諜。

在他們面前，我感到我一個人實是無能為力！

呆了半晌，我才道：「那算什麼，我已經是你們間的一分子了麼？」

甘木笑了笑，道：「有時候，幸運的到來，是意想不到的。如果你能夠完成交給你的任務的話，你可以負一個相當重大的責任。」

甘木道：「以你過去的記錄來看，我們可以向最高當局，保薦你為遠東的警察力量的首長。」

我聽了之後，不禁啼笑皆非，半帶着譏諷地道：「世界政權，已經得到了麼？」

甘木冷冷地道：「只不過是時間問題而已。」

這是一群狂人，但是當狂人已有了發狂的條件之際，那卻也是一件可怕之極的事情。甘木又道：「我獲得批准，讓你看一些東西。」

甘木伸手按了幾個按鈕，正中那架電視機的熒光幕上，突然出現了一片無邊無際的叢林，我根本認不出那是什麼地方來，不一會，我便看到，在那叢林之中，有着一排一排，許多火箭。

在那些火箭上，都有着一個奇特的標誌，卻不同於美國或蘇聯火箭上的標誌。甘木道：「這是我們武裝力量的一部分。」

我道：「那是在什麼地方？」

出乎意想，甘木竟立即回答我道：「巴西。但是發命令的地方，卻在這裏。這些是定向火箭，定向火箭的飛行方向，是根據地球磁角方向，永恆不變的。這些火箭，有的指向華盛頓，有的指向莫斯科，一聲令下，幾分鐘內，所有的大城市，便化為灰燼了。」

我不知道甘木所說的是不是有誇大之處。但是我卻記起了一件事實，若干年前，有兩個十分優秀的火箭彈道學家，一個被人謀殺，一個神秘失蹤，這件事並沒有弄清楚。

而那兩個科學家，他們曾經提出過，以地球固定的磁角方向，來製造專門對付某一地點的火箭，一旦發生戰事，只要照地名來按鈕，火箭便飛向永恆不變的方向。

我不知道在地面上，其他的國家是不是也已有了這樣的火箭。但我知道，甘木的話，至少不是完全沒有事實根據的。

我默然不出聲，甘木面有得色。

不一會，電視畫面上，又起了變化，林立的火箭消失了，我看到了一塊平地，像是一個飛機場，而在那塊平地之上，則停着許多圓形的東西。那些東西，因為我是在電視機上看到的，而附近又沒有其他的東西，所以，我無法判斷它們的大小。

只是它們的形狀，十分像是世上所盛傳的飛碟。

我怔了一怔，道：「飛碟？」

甘木突然怪聲大笑了起來，道：「衛先生，至少你比任何地面上的人都先進，你明白了他們一直吵嚷着，所不明白的事情。」

我吸了一口氣，道：「甘木先生，你的意思是，自從第二次世界大戰以來，各地所出現的飛碟，全是——」我才講到這處，甘木狂笑起來，接下去道：「不錯，全是我們的傑作。」

我心中的吃驚，又到了一個新的程度。

自從第二次世界大戰結束之後，來歷不明，去向不明的「飛碟」，曾經使得幾個大國的國防部傷透腦筋，也是人人皆知的新聞。

可是「飛碟」之為物，究竟從何而來，有什麼作用，卻一直沒有人知道。

我相信，如果我僥倖能夠離開海底，回到地面去的話，那麼，這世上，怕只有我一個人，可以肯定地說出飛碟的來龍去脈了。

（一九八六年加按：這自然是對飛碟的假設，但二十多年前，飛碟是謎，現在仍然是謎，人類進步，有些地方，也慢得可以。）

我又呆了半晌，道：「這究竟是什麼東西？」

甘木將背部舒服地倚在沙發背上，道：「很簡單，那就是我們的飛機。但是它的性能，是地面上的飛機設計師所不敢夢想的。」

甘木講到此處，點着了一支煙，吸了幾口，續道：「例如，不久之前，美國人有了U——15型的飛機，可以飛到脱離地心吸力的高度。但是我們的飛碟，早在七八年前，便已可以做到這一點了。」

我專注看電視畫面，只是一個一個的飛碟，密密排排，一個眼花，像是一大張蠶卵一樣，不計其數。我心中奇怪，雖然甘木表示看不起地面上的國家，但是，在地面上要闢出那麼大的一個停駐飛碟之所，而不為各國所偵知，這幾乎是不可能的事。

我指了指，道：「那又在什麼地方？」

甘木「哈哈」笑道：「那是南太平洋中的一個島，世界上任何地圖——除了我們的——都沒有這個島。」

我不服氣道：「難道不會被人發現麼？」

甘木道：「巧妙的偽裝，使得地面上落後的科學，難以發現。」

我不再說什麼，甘木「拍」地一聲，關掉了電視機，道：「就是剛才你看到的那些世所未有的武器，也使你相信我們有足夠的力道征服世界了？」

我幾乎是立即搖了搖頭，道：「不！」

甘木面色一沉，「嗯」地一聲，我立即道：「如果你們已有力量征服世界的話，你們早已發動征服世界的舉動了，而你們如今，還未發動這樣的戰爭，可知你們，還未曾有這個力量。」

我一面說，甘木的神色，一路在轉變。等到我說完，他的面色，難看之極。而那個日本政客，則站了起來，在我肩頭上拍了拍，道：「你分析得不錯。」

那個日本政客的名氣十分響亮，也有人捧之為「學者」的。但是我對之卻不會有好感。我厭惡地讓開了身子，道：「請你不要碰我！」

他乾笑了幾聲，並不引以為忤，道：「起先，我也和你一樣，不認為這裏的力量可以征服全世界，但是甘木中將——」

甘木糾正他，道：「現在，我不是軍人。」

那政客微笑了一下，道：「甘木先生改變了我的看法。」

我冷冷地道：「那是你的事情。」

甘木站了起來，走動了幾步，道：「我願意再進一步告訴你，我們有足夠的力量，去毀滅全世界——」

我立即道：「關於這一點，我並不懷疑，你們可以毀滅全人類，你們也可以統治一個大廢墟，但是你們，決不能征服全人類，歷史上有多少狂人，想征服全人類，結果都倒下去了！」

甘木面色鐵青，道：「但我們可以改寫歷史。」

我望了他好一會，才道：「你如果有興趣寫歷史，你大可以關起門來寫，又何必和我來說上那麼多的廢話呢？」

我一面說，一面也站了起來。

甘木面上的怒容，已到了極點，他像一頭惡犬一樣，蹬蹬蹬地衝到了我的面前，兩眼閃着異光望着我，像是要將我吞了下去一樣。

我則若無其事地望着他。

因為我知道，他們將我弄到這裏來，是有目的的，在目的未曾達到之前，他們絕不會使我受到損傷的，所以我絕不怕得罪甘木。

甘木揮舞着拳頭，像是想向我身上擊來，我冷冷地道：「甘木先生，如果你想動手的話，那麼我可以保證，在一分鐘之後，你將像一個死蝦！」

甘木喉間「咕咕」有聲，他後退了一步，抓起了一個電話的聽筒，看他的情形，像是準備吩咐什麼人來對付我一樣。

但是，就在他拿起那個電話筒之際，旁邊的一個電話，卻響了起來。我看到甘木面上神色，微微一變，連忙放下了原來取在手中的聽筒，取起了那個來，聽筒中「嗡嗡」作聲，可以聽得出是一個人在不斷地講着話，但是卻聽不到在講些什麼。

本來，我有一具十分精巧的偷聽器，可以利用來聽對方的講話的，但因為我被莎芭綁到這裏來的時候，根本事先一點準備也沒有，所以一些有用的小器械，也根本未曾帶在身上。

我只看到甘木的態度，十分恭謹。

從這一點上，看得出打電話來的，乃是地位比甘木更高的人。我心中不禁怦然而動，因為據漢克説，甘木在這裏，地位已經極高，乃是最高領袖的四個私人秘書之中的一個。

那麼，能令得他滿口道是，而且又態度如此恭謹的那個人，一定是這裏的最高首腦了！

我心中一面想，一面在忖着用什麼法子，可以和這個最高領袖接觸。甘木在説了一連串的「是」字之後，已放下了電話。

他揚起頭來，面上的神色，十分尷尬，道：「請跟我來。」

我道：「到哪裏去？」

甘木冷冷地道：「我不以為你在這裏，還有自由選擇去處的可能！」

我聳了聳肩道：「走吧！」

我和甘木，一起出了會客室，那政客卻還留着不走。我們出了會客室，那美麗的日本女郎立即從她的座位上站了起來，為我們開門。

那日本女郎的一舉一動，完全表現出她曾經過嚴格的儀態訓練。我猜想她原來的職業，大概是空中小姐，在這裏的人為了搶劫什麼人而製造的空中失事事件中，她也來到這裏，自然也不得不在這裏居住下來了。

我出了門口，回過頭來，向她一笑，道：「你好，要不要我告訴你的家人，你並沒有在飛機失事中死去？」我這樣說法，原是想證明我的猜想是不是正確而發的。

只見那日本女郎美麗的臉龐，突然成了灰白色，修長的身子，也搖搖欲墜。

我知道我的猜想不錯，同時也感到，我的玩笑有點太殘忍了。

我又沒有法子去安慰她，只得匆匆地跟在甘木的後面，走了出去。

來到了升降機的門前，等了片刻，升降機到了，有兩個人從電梯中走了出來，一見甘木，便立即站住了身子，等在一旁。

甘木只是向他們點了點頭，便跨進了升降機。那兩個人的襟前，都扣着紫色的襟章——和指揮漢克的那中年人一樣。

由此可知，甘木在這裏的地位，的確是非常之高，而且，我也已經料到，如今，他可能是帶我去見比他地位更高的人——這個野心集團的首腦！

果然，升降機在「十一樓」停了下來。我和甘木一齊走出，來到了那「死光燈」的面前。我曾經見過的中年人，又出現在死光燈的那一面，這一次，他手中握着一柄奇形怪狀的武器。

那種武器，看來有點像槍，但是我卻可以肯定，自這種槍射出來的，一定不會是子彈，而是其他我所不知的致命東西。

那中年人以這柄槍對準了我們的身後，事實上，我們的身後，並沒有人。

當時，我不明白他那麼做，是什麼意思。但是我立即知道，他為了要放我進去，必須將「死光燈」熄掉極其短暫時間。

而在那短暫的時間中，如果另有他人，想趁隙衝了進來的話，那麼他便可以以手中的武器應付了！

從這一點來看，這裏防衛的嚴密，也真的到了空前絕後的程度！

死光燈熄滅了，我明知在通過之際，絕不會有危害，但是在那十分之一秒時間中，心頭仍不免泛起了十分恐怖的感覺來。

我一經過死光燈，那強烈的光芒，便立即恢復，甘木並沒有進來，當我走出幾步時，回頭看去，他已經向後，退了回去。

這更令得我吃驚，因為甘木的職位，乃是首領的私人秘書。但是看情形，他和首領，卻也不能隨便會面。那中年人跟在我的後面，道：「向前去，向左轉彎，在亮着紅燈的那扇門中走進去。記住，若是亂走的話，你隨時可在十分之一秒內，化為灰燼。」

我道：「這樣死法，也沒有什麼痛苦，是不是？」

那中年人陰森森地望着我，道：「誰知道呢？你要試的話，只管試一試。」

他話一講完，便退了開去。

我當然不想自己變成灰燼，因此我照着他所說的，向前走去，在向左轉了一個彎後，果然看到，在一排七八間房間的門上，有一扇，門楣上懸着紅燈。

我來到那扇門前，尚未曾打門，便聽得門內傳來一個人的聲音，道：「進來。」

我一聽得那人的聲音，心中不禁一驚，因為那兩個字，乃是十分純正的中國國語！我一旋門柄，抬起頭來，向內看去。

一看之下，我心中的好奇心，更是到達了沸點。

只見那是一間只有丈許見方的小室，室中只放着一張椅子和一隻茶几。茶几上有煙有茶。而那椅子對着的方向，則是一幅掛着帷幕的牆。

當我一開門之後，帷幕自動向兩旁拉開，我看到牆上，鑲嵌着許多儀表，許多明滅不定的小燈，和許多在轉動着的小輪子，看來像是有一具十分精細的電腦裝在牆上。

而除了這些之外，室內便更無一人。

我正在發呆間，只聽得在牆上的一個擴音器，又發出純正的國語來，道：「請坐，請你原諒，我只能在這樣的情形下，和你交談。」

我走前了幾步，坐了下來，道：「中國人？」

那聲音笑了一下，道：「當然不，這時你面對着的，乃是一具自動的翻譯語言的電腦，可以翻譯世界上三十九種主要的語言。」

我心中不禁苦笑！

因為，我這時，的確知道這個實力如許雄厚的野心集團的首腦在講話。但是，我不但不能見到這個人，無法看清他是什麼模樣的人。而且，他是哪一國人，我也是難以弄得明白！

通過了電腦，他的聲音，被譯為純正的中國國語，他原來是操什麼語言的呢？俄文？英文？法文？德文？日文？還是他本來就是一個中國人？

這時候，我當然不會去提出這樣的問題的。因為我明知提出來也是沒有用處的。

那聲音又道：「我知道，你一定渴欲和我作真正的會面，是不是？」

我心中一愣，不明白他是如何會將我的心事知道得那樣清楚。我感到在那樣的情形，我也不必隱瞞，因此我便答道：「是。」

那聲音笑了一下，道：「只要你在這裏有了好的表現之後，我是可以賜給你這個榮耀的，但如今，我們只能以這樣的方式會面。」

我心中雖然十分氣憤，但是卻也無法可想。因為這間房間中，只有我一個人，我想要發脾氣也無從發起，我總不能將那具電腦打爛的。

那聲音又道：「我剛才，聽到你和甘木的對話。」

我冷冷地道：「那是意料之中的事情。」在那一瞬間，我突然看到電腦上許多紅紅綠綠的指示燈，迅速地一明一暗，顯得電腦的工作，十分忙碌。

我燃着了一支煙，那聲音又道：「你說，我們並沒有力量征服全世界，我不和你爭辯，只是想叫你看一個事實，我已經命令各地準備執行這一任務給你看了。你應該感到榮幸，因為這將是震動世界的一件大事，但是卻因為你不信我們的力量而發生的。」

我心中駭然，道：「你想作什麼？是要毀滅一個城市，來使我相信你們的力量？」

那聲音道：「那還不至於如此嚴重，請你轉過那邊去。」我坐的那張沙發，本來就是可以轉動的，我向右轉了過去，只聽得「嗤嗤」連聲，整幅牆都向兩旁移去，現出了一幅極大的熒光屏來。

那熒光屏之大，也是使人驚奇的，它足有二公尺高，四公尺寬。

那聲音道：「這可以說是世界上最大的電視機了，而且，它的傳播是依靠世上的科學家，尚未能發現的一種特殊無線電波，所以可以不受距離的限制。你仔細地看看，可惜還不是彩色的，但是再過一兩年，便可以研究成功了——」

（一九八六年加按：這樣的大熒光屏，彩色的，早兩年已經出現。）

他一面說着，我已經看到，熒光屏上，光線閃動，不一會，一片汪洋，便已出現在我的眼前。而轉眼之間，畫面便由海洋之上，而轉到了海底下。

當畫面還停留在海洋之上的時候，我看出那是一個陰天，海洋雖不是波浪滔天，但卻也不十分平靜。然而海底是不受影響的。

我看到畫面上所出現的海底，已是十分深的深海，因為有一些魚類，是絕不能在淺海中看到的。

我到那時為止，仍不明白那是什麼意思。

只聽得那聲音道：「這是大西洋底，你仔細看，什麼東西來了？」

我用心凝視着熒光屏，只見遠處，有一條黑色的大魚，向前游了過來。那條「大魚」的樣子，十分奇特，等到漸漸地近了的時候，我不禁目瞪口呆地從沙發上站了起來，指着熒光屏，想說什麼，但是，卻又一個字也難以講得出口！

因為出現在畫面上的，並不是一條「大魚」，而是一艘潛艇。

而那艘潛艇，只要是稍為留心國際時事的人，一看便可以看出，那是屬於哪一個國家所有，是用什麼力量來發動的。

潛艇平穩地迅速地在海底行駛着，我的吃驚，也到了空前未有的程度。因為那種潛艇，是一個極強盛的國家的王牌力量。但如今，卻這樣赤裸裸地，毫無準備地暴露在人家的面前！

在我駭然之極的時候，只聽得那聲音道：「你看清楚了沒有，這是什麼？」

我當時看到一個白色光芒，自海底冒出來。我直到此際，才大聲叫道：「停止！停止！我相信你們的力量了！」

但是，那聲音卻顯得十分冷酷，道：「不，衛先生，我很知道你的性格，說是不能服你的，一定要叫你看，現在，就請你看！」

潛艇仍然平穩地駛着，似乎根本未曾覺察到它已在極度的危險之中！而那灼亮的一團光芒，來勢比潛艇迅速得多。

因為發出的光芒實在太強烈，在電視的畫面上看來，那只是白色的一團，就像以肉眼望向太陽一樣，根本難以看得清那究竟是什麼東西。

前後還不到半分鐘，只見那灼亮的一團物事，已經貼在那艘形式優美的潛艇底部。而接下來，百分之一秒之內所發生的事情，令得我緊緊地抓住了沙發的靠手，身子竟不住在微微地發抖！

只見那團灼亮的東西，才一貼了上去，那一艘龐大的潛艇，突然碎裂了開來，而且，立即成了無數的碎片，水花亂轉，畫面之上，成了一片模糊。

那艘世界知名的潛艇，竟這樣地被毀滅了。

直到海水又恢復了平靜，我才恢復呼吸。

畫面上根本已沒有了潛艇的蹤迹。

（這艘潛艇的失蹤經過，我想不必我來詳細地敘述了，因為第二天，我在海底，看到了全世界的報紙，沒有一份報紙不將這件事列作頭條新聞的，只要是看報紙的人，都可以知道這件事了。潛艇的所有國，揚言要調查失事的原因，和打撈失事的殘骸。但是我知道這是做不到的事情，因為在潛艇碎裂成那樣的碎片而沉在海底之後，能打撈到什麼呢？

（一九八六年加按：這艘潛艇的真正失事原因，一直未曾查出，我對有關人提起過，可是他們不相信。）

當下，我呆呆地站着，直到那聲音又響了起來，道：「你看到了沒有？」

我頹然地在沙發上坐了下來。在那瞬間，我感到前所未有的疲乏，我以一個人將要熟睡時的聲音和語氣，疲倦地道：「看到了。」

當我初入那海底建築物之際：我還想以自己一個人的力量，來摧毀那個野心集團的。但如今看來，我顯然是太天真了。

第十三部

同歸於盡的計劃

因為，那野心集團的力量，竟是如此強大！要知道，那艘潛艇本身，便是毀滅性的武器，但卻在一秒鐘內，便被毀滅了。

我一個人，雖然有着極其堅強的信心，但是又有什麼力量來對付這樣的一個掌握着高度科學技術的魔鬼集團呢？

那聲音得意地笑了起來，道：「如今，你已相信我們是有力量征服全世界，而不是沒有力量了？」我的聲音，仍是十分疲倦，道：「不。」

那聲音像是大感意外，道：「我願意聽你的解釋。」

我欠了欠身，道：「當你用到『征服』兩個字時，我表示不同意。但是你如果選用『毀滅』這兩個字，那我就同意了。」

那聲音沉默了好一會，才道：「衛先生，你不但是一個十分勇敢的人，而且具有過人的智慧。」

我對對方的盛讚，一點也提不起興趣來。

那是因為我目前的處境，如今，對方即使說我是天神，我也依然是他們的俘虜！

那聲音續道：「你的想法，和我、以及我的一部分部下相同，我們要征服，而不要毀滅。」

那兩句話，使我知道，原來魔鬼集團之間，也有着意見上的分歧，首領和一部分人，想要征服，但另有一些人，大概是主張毀滅的。

我勉力使自己發出了一下笑聲，道：「那麼，你只怕要失望了，因為你們所掌握的科學，雖然如此先進，卻還未能做到征服人類的地步。」

我立即發現，那首領的談話藝術，十分高超，因為在不知不覺中，我已給他引到他所要交談的話題上去了，他道：「不，我們已經有了這一方面的發現了，這也是你為什麼來到這裏的原因。」

我猛地一愣，想起了張小龍的發明。

同時，我也想起了霍華德的話來，我的心中又不禁產生一線希望。

因為霍華德正是無端端損失了一艘如此卓越潛艇的國家的人。

霍華德擔負的任務，又是維護全世界的安全。雖然未知魔鬼集團的真正實力和詳細的情形，但是，他卻已經料到了魔鬼集團要利用張小龍的發明。

由此可知，這個集團的一切，世上的人並不是一無所知的，或者，幾個大國的最高當局，可能也已掌握了不少的資料了。

我只能這樣地想，因為唯有這樣想，我的心情才能較為樂觀些。

我只是「嗯」地一聲，算是回答那聲音。

那聲音又道：「我們又不得不佩服中國人的智慧，因為自從有人類的歷史以來，最偉大的發現是中國人所發現的，張小龍發現了人體的秘密，發現了生物的秘密，我相信你已知道他發明的內容了？」

我是在霍華德處知道張小龍發現的內容的，我這時避而不答，道：「你與其佩服中國人的智慧，還不如佩服中國人的正義感更好些。張小龍的發現，是為了造福人群，而不是供你征服人類的！」

那聲音「哈哈」大笑了起來，道：「你又怎知道在我的治理之下，人類不會比現在幸福呢？難道你以為如今人類是在十分幸福的情形之下麼？」

我不出聲，對他作消極的抗議。

那聲音道：「所以，你必須說服張小龍，叫他大量製造能控制人心靈，改變人性格的內分泌液，作為並不是我們組織中的一分子，你能夠接受這樣的一個任務，是十分光榮的事。」

我笑了，真正地笑了，因為我感到十分好笑，道：「是不是事情成了之後，可以給我當遠東警察力量的首長？」

對方像是也聽出了我語言中的嘲弄。

那聲音轉為憤怒，道：「你必須去做，這對你和張小龍，都有好處。」我心中想了一遍，覺得目前唯一的方法，便是和他們拖下去。

所以我道：「我可以答應，但是那需要時間。」

那聲音道：「我們可以給你時間。」

我又道：「還有，不能有太嚴的監視。」

那聲音停了一停，道：「也可以答應。」我吸了一口氣，道：「有一個問題，如果你不生氣的話，我想提出來向你一問。」

那聲音道：「請問。」

我道：「你們連張小龍一個人都征服不了，卻在妄想征服全世界，你們難道不覺得自己的想法很可笑嗎？」

那聲音呆了好一會，才道：「朋友，羅馬不是一天造成的，任何事情，都有它的第一步，也是最困難的一步，我們如今正在努力說服張小龍。」

我本來以為我的話，可以令得那人十分窘迫的。但是我卻失望了，因為那人的口才之好，遠出乎我的意料！當然，人能夠組織，領導這樣的一個野心集團，不論他的意向如何，他總是一個極其傑出的人才。

我頓了一頓，試探着道：「其實，你們何必強迫張小龍？」

那聲音立即道：「你這話是什麼意思？是其他人也有了類似的發明麼？我們可以以最高的代價來獲取它。」

我道：「自然不是，我是說，你們掌握了張小龍全部的研究資料，大可以動員其他的生物學家，來幫你們完成這一任務的。」

那聲音道：「我不妨對你坦白說，由於工作上的疏忽，我們並沒有得到張小龍的研究資料！」

我一聽得那人如此說法，心中不禁大吃一驚！

我腦中立即閃過了一幕一幕的往事，那一晚，我在張海龍別墅中的事，先是我發現了張小龍的日記，將在實驗室中取到的一大疊資料，放在枕頭之下，接着，我看到了奇異的「妖火」，接下來便是電燈全熄，毒針襲擊，而當我再回到房間中的時候，那一疊文件不見了。

我如今，已可以確定兩件事：第一、那文件便是張小龍歷年來嘔心瀝血的研究資料。第二、施放毒針，謀殺了許多人的，正是這個野心集團。

照理，順理成章，那一大疊文件，自然也應該落在這個野心集團的手中才是。

但是，那人卻說沒有。

在如今這樣的情形之下，那人沒有理由不對我說真話的，我相信他的話。那麼，那一大疊文件，又落在什麼人手中呢？難道，在那天晚上，除了我和野心集團的人物在鬥智鬥力之外，還有第三者麼，這第三者，又是什麼樣人呢？

在那片刻之間，我心念電轉，不知想起了多少問題來，但是我卻得不到答案。

那聲音像是十分感嘆，續道：「如果不是這個疏忽，我們得到了張小龍的研究資料，如今，也不必要你到這裏來了。」

我聽出那人的語意之中，像是願意和我詳細傾談，我便問道：「是什麼樣的疏忽？」

那聲音道：「我們用一個巧妙的方法，使得張小龍以為他自己已得了嚴重的神經衰弱症。然後，我們又通過了一個心理醫生，將張小龍輕而易舉地帶到了這裏——」

我插言道：「這一切，看來不都是天衣無縫麼？」

那聲音道：「是的，但是，當張小龍到了此地之後，我們去搜尋他的研究資料，卻是一無結果。」我聽了之後，心中又不禁奇怪之極。

因為，張小龍的研究資料，就放在他實驗室的長枱之上，幾乎是任何人一進實驗室，便可以見到的。他們如何會找不到的？這其中，一定另外還有着我所不知道的曲折。

我沒有和他多說什麼，只是道：「那當真是太可惜了！」

那聲音道：「但是，你要明白，即使我們得到了資料，而沒有張小龍的協助的話。也是沒有用的。這就像一本好的外科學教科書，不能造就一個好的外科醫生一樣，動物的內分泌，是最神秘的東西，我們必須借張小龍的手，才能完成這一切。」

我道：「張小龍在你們這裏幾年了，你們是最近才向他表露了你們的意思的，是不是？」

那聲音道：「你知道的真不少，我不得不佩服你，但是你仍然必須聽從我的指揮。」我想了一想，道：「好，我再去試一試。」

我答應了他，那只是緩兵之計。

因為我對這裏的一切，實在還太生疏，不知道應該採取什麼樣的步驟才好。

那聲音道：「好，甘木會帶你到你的住所去，在那裏，你可以詳細地研究張小龍的生活、思想，以決定你的行動。」

我當時，還不能確切地明白那兩句話的意思，直到十分鐘後，我才完全明白。

因為在十分鐘後，我被甘木引到了一間套房之中。那套房包括一間臥室、一個書房、一個小小的起居室，和一個美麗的女僕。

那女僕因為太伶俐了，所以我一眼便看出她實則上，是負責監視我的。

而在那書房中，有着一具電視機，張小龍在他自己房中的一舉一動，一言一語，我都可以通過那具電視機，如同在他身邊一樣地看到，感受到，有時，當張小龍揮動拳頭之際，我甚至會產生他會擊中我的錯覺。

我決定什麼也不做，先以幾天的時間，來看張小龍的生活情形，和盡量了解這裏的一切，以便作逃走的準備。

對於後一部分的工作，我幾乎沒有完成，我只是看出，那座設在海底的建築物，有着極其完善的空氣調節系統，令得空氣永遠是那樣地使人感到舒服、思想靈敏和精力旺盛，我相信一定有陰性電子在不斷地放出，使人的情緒開朗，工作能力增加。除了這一點外，我幾乎什麼新的發現都沒有。因為，每當我想出去的時候，那女僕便以十分溫柔動人的笑容和堅決的行動，將我擋了回來。使我想發脾氣也發不出來。

但是，在接下來的三天中，我卻不是一點收穫也沒有，至少，我對張小龍有了一定程度的了解。

張小龍是一個真正的科學家，耿直、正義，他具有科學家應該具有的一切美德，他在以絕食進行抗議，然而，我看出他的絕食不起作用，因為每天有人來為他注射，三天來，他也絲毫未見消瘦。

他曾大聲叫嚷，決不容許他的發明，為侵略者所利用——從這一點來看，張小龍根本不明白自己是處在什麼樣的環境之下，他一定以為自己是在某一個大國的控制之中。

然而，張小龍也有着十分真摯的感情，因為當他喃喃自語，提及老父和他的姊姊時，他又會不由自主的淚水盈眶。

我像是坐在張小龍身邊一樣地看清楚了張小龍的性格，也使我心中下定了決心：我一定要救張小龍出去！我個人的力量，難以和整個野心集團相抗，但是我想，如果盡我所能的話，救張小龍出去，只怕還有一二分的希望。

三天之後，我向甘木提出，我願意再去見張小龍。這一次，甘木派人將我帶到張小龍的房間前面，我在張小龍的房門前，待了幾分鐘。

我想不出用什麼話來和張小龍交談，方始能不被人家聽得懂。

我知道這裏的中國人，可能只是我和張小龍兩個，如果我用一種冷僻的中國方言和張小龍交談，那麼，超性能的電腦傳譯機也必然將束手無策。

張小龍是浙江四明山下的人，我決定一進去，便以四明山一帶的土語，與之交談，那是一種十分難懂的方言，即使是在離四明山二百里以外的人聽來，也像是另一國的語言一樣。

我推開門，走了進去。

出乎我意料地，張小龍正伏在實驗桌前，正在進行一些什麼工作，我咳嗽了一聲，就以我想好的那種土語道：「我又來了，你不要激動，聽我詳細地和你說說我們兩人的處境！」

張小龍本來，正全神貫注地在從事着他的工作，我進來的時候，他根本是知道的，但是卻一動也不動，直到我一出聲，他身子才猛地震了一震，轉過身來，以十分奇特的神情望着我。

他望了我足有半分鐘，才道：「出去！出去！快出去！」

他用的語言，正是我用的那種，我立即道：「我不出去，因為你不知道我究竟是什麼人，而當你知道我是什麼人的時候，你就不會趕我出去了！」

張小龍的面上神情，十分惶急，他的兩雙手，似乎在發抖，我看到他以一個塞子，塞住了一根試管，那試管中，約莫有着三CC的無色液體。他將那試管塞住了之後，才鎮定了些，道：「那你快到我的房間去，我立即會來看你的。」

我的鄉談，顯然使得他對我的態度改變了。

我十分高興，逕自走進了他的睡房中，坐了下來。

我坐下不久，便看到張小龍一面抹着汗，一面走了進來。我已經說過，這裏的空氣調節系統，十分完善，正常的人，在適宜的溫度之下，是絕無出汗之理的，但張小龍顯然是有什麼事，令得他十分緊張。

他一進來，便指着我道：「危險，危險，危險之極！」他一連講了三個

「危險」，最後一個，並且還加強了語氣。一時間，我也難以明白他確切的意思是什麼。

他在我的對面，坐了下來，又望了我一眼，眼前突然現出了懷疑和憤怒的神色，道：「你是什麼人？你以為用我故鄉的方言和我交談，便可以取信於我了麼？」

我淡然一笑，道：「你是不是信我，那是你的事情，我用這種方言與你交談，是因為不想我們的談話內容，給任何第三者知道。」

張小龍仍然以十分懷疑的目光望着我，我不去理會他，開始自我介紹起來，而且，立即開始敘述和他父親會面的經過，接着，便以十分簡單的句子。說明了我到這裏來，也是被逼的，但是我卻有信心，和他兩人，一齊逃出去！

同時，我告訴他，這裏是一個野心集團，有着征服世界的雄心，他們並不屬於如今世上的任何一個國家。

我在講的時候，故意講得十分快，而且，語言也非常含糊。

我和張小龍的講話，當然會被錄下音，但由於我講得又快又含糊，所以，除非他們能夠找到一個四明山下的人，要不然，任何電腦，都將難以弄得明白我和張小龍在說些什麼。

張小龍等我講完，又望了我半晌，才道：「我憑什麼要相信你的話？」

我不禁倒抽了一口冷氣，我將有關張小龍性格的一切因素都作了估計，但是我卻忽略了一樣：他那份科學家特有的固執！

我只得道：「沒有辦法，你必須相信我。」

張小龍道：「事情到如今為止，我不能相信任何人了。就算我相信你的話，我也不能同意你的辦法，你身子矯捷，行動靈敏，你可以設法一個人逃出去，我自有我的辦法對付他們的。」

張小龍在講那幾句話的時候，態度十分嚴肅，而且，神情也十分激動。這使人看得出，他講那幾句話，並不是講着來玩的，而是有為而説的。但是我實難想像張小龍會有什麼辦法來對付他們。

我道：「你不必固執了，你能夠對付他們的，只不過是沉默或是絕食，那是毫無用處的事情。」

張小龍昂起頭來，道：「我沒有必要向你說明我的辦法，我看你如果一個人要走的話，要快點走才行，最好是在五天之內。」

我又高聲道：「我一個人不走，我要和你一起走。」

張小龍「砰」地在桌上拍了一下，喝道：「我不走，我要留在這裏，對付那些人面獸心的東西！」

張小龍在講那幾句話的時候，神情更是激昂，像是他手中持着一柄寶劍，一劍橫掃，便可以將所有的敵人，盡皆掃倒一樣。

我嘆了一口氣，道：「你不走，令尊一定會十分失望，十分傷心了。」

張小龍呆了一會，道：「不會的，他非但不會難過，而且還會將我引為驕傲。」我聽得他這樣講法，不禁也無話可說了。

我們默默相對了片刻，我道：「那麼，我是否能聽聽你的計劃呢？」

張小龍斬釘截鐵地道：「不能，你出去吧，你也不必再來見我了！」

我又呆了一會，才嘆了一口氣，站了起來，道：「張先生，這是十分可惜的事。雖然我連自己，也根本沒有逃出此處的把握，但是我到這裏來，卻是受令尊所託，要將你帶出去的。」

張小龍的面色，顯得十分嚴肅，只聽得他沉聲道：「你還不知我父親的為人。」

我不禁呆了一呆，道：「這是什麼意思？」

張小龍道：「我父親一生，最注重的，便是他家族的聲譽，如果他知道他的兒子十分光榮地離開了他，他一定會感到高興，更勝於難過的。」

關於張海龍之注重家族聲譽這一點，我自然毫不懷疑地同意張小龍的說法，因為如果不是張海龍過分地注重家聲，那麼張小龍失蹤案件，也早已交給了警方處理，而不會落在我的身上了。

我又呆了片刻，心中迅速地轉着念頭。

我已經聽出，張小龍像是準備和這個魔鬼集團同歸於盡。當然，野心集團的觸鬚，可能遍佈全世界各地，但是，只要這個海底建築物一毀滅，那麼，蛇無頭不行，這個野心集團，也會自然而然解散的。

然而，張小龍只是一個「文弱書生」，又毫無對付敵人的經驗，他落到了野心集團的手中，似乎命定了只有被犧牲的份，怎能談得上和敵人同歸於盡？

我一面想，一面望着他，只見他面上的神態，十分堅決，像是對他心中所想的，十分有把握一樣。

我又試探着道：「和敵人同歸於盡，是逼不得已的辦法，我們如果有可能的話，何不將敵人消滅了，再自己逃生？」

張小龍呆了片刻，道：「多謝你的好意，但我知道沒有這個可能。」

我剛才的那幾句話，其試探作用是多方面的。第一、試探張小龍是否真的要與敵人同歸於盡；第二、我試探張小龍是不是真的已經掌握了可以和敵人同歸於盡的方法；當然，如果可能的話，我還想知道，那究竟是什麼方法？

從張小龍的回答中，我得到了兩個肯定的答案，他的話，很明顯地表示出，他不但有與敵人同歸於盡的決心，而且，已掌握了同歸於盡的方法。

只不過那是什麼方法，他並沒有說，我自然也不可能知道。

而且，那正是我最百思不得其解的一件事。在這座龐大的海底建築物中，有着至少上千個人，上千個房間，有着最嚴密的守衛，也有着最新式的武器。

即使是調動世界上最精鋭的軍隊進攻，只怕也不容易將之完全毀滅，而張小龍，他卻那麼肯定……

霎時之間，我心中不禁替張小龍可憐起來。

張小龍顯然是沒有辦法和敵人同歸於盡的，他之所以如此說法，而且態度又這樣的肯定，那可能是因為他心中太想和敵人同歸於盡了，以致在心理上產生了一種病態的幻覺，認為他自己的確有力量，來和敵人同歸於盡。這種病態的心理現象，往往是導致一個人神經錯亂的先聲。我一想到這一點，不禁更為張小龍擔心起來！因為事情發展的結果，極可能是他自己自殺死了，但是在死前的一剎那，他卻還以為自己已和敵人同歸於盡，而感到極大的滿足！

我想到此處，心頭更泛起了一股寒意。

我不再想下去，也不再説下去，只是默默地轉過身，向門口走了出去，到了門口，我才道：「我還會再來看你的。」

張小龍道：「你不必再來看我了，而你自己，如果能夠逃出去的話，也最好就在這幾天內逃走，要不然，我的毀滅行動一開始，你就也難免了！」

我心中大是吃驚，當然，我的吃驚，不是因為張小龍的話，而是因為他講話時的那種神態。他分明已經有了顛狂的傾向！

我沉聲道：「張先生，你要鎮定些，事情總會有辦法的。」

張小龍的眼中，突然閃耀出智慧、勇敢和堅定交織的光芒來，道：「在你來說：『事情總會有辦法的』這句話，只不過是一句十分空泛的話，但是在我來說，這句話卻是可以實現的。」

我呆了一呆，道：「張先生，這樣說來，你已經有了具體的行動計劃。」

張小龍的回答，十分簡單，只有一個字，道：「是。」我不得不直接地提醒他，道：「張先生，你不覺得這只不過是你心中的空想？」

張小龍迅速地回答道：「在科學家的心中，是沒有空想的，只有計劃，將自己所設想的變成事實。」

我道：「你明知道，那是不可能的事！」張小龍倔強地昂着頭，並不理睬我。

我吸了一口氣，道：「好，算你以為可能，我相信我們兩人的交談，在這裏，不會有第三個人聽得懂的，你的計劃如何，為什麼你自己一定不能脱險，你可以和我説上一説。」

張小龍搖頭道：「不，這件事，只可有我一個人知道。」

我正在對他的固執，感到毫無辦法之際，忽然心中一亮，想出了一個對策來，立即道：「張先生，你不肯和我講你的計劃，而你又要和所有的敵人同歸於盡，那麼，令尊怎樣才能夠知道你是如此光榮而死的呢？」

張小龍呆了好一會，道：「我會有辦法的，在我的計劃實施之前，我會將它的內容，簡略地寫在一張紙上，將紙放在一個空瓶中，浮上海面去，這個空瓶可能在一個海灘上登陸，那麼，我的行動，便自然也可以為世人所知了。」

我的「妙計」又落了空。到了這時候，我已真正難以再勸得醒張小龍了。而且，根本連我自己也沒有逃走的把握，就算勸得張小龍肯和我一起走了，那又有什麼用處呢？所以，我不再説什麼，出了張小龍的房間，經過了他的實驗室。剛出實驗室我便不禁一呆。只見兩個持着我曾經見到過的那種似槍非槍的神秘武器的人，正在等着我，我一出去，他們便以槍口對準了我，喝道：

「走！」

我陡地一呆，道：「這算什麼，我不再是受託有重要任務的貴賓，而是囚犯了麼？」

那兩個人道：「我們不知道，我們只是奉命，押你去見首領。」

我聳了聳肩，雖然，那兩人離得我如此之近，我要對付他們，絕不是什麼難事，但是目前，我卻還沒有這樣的打算。

我被這兩個人押着，向前走去，不一會，來到了一間房間中，我看到了一個我沒有見過的人，那人在我的眼睛上，蒙上了一層厚厚的黑布，使我什麼都看不到。

我的心中，只是在驚疑他們準備對我怎麼樣，而並不害怕。

因為我知道，如果他們要殺我的話，那實是最簡單不過的事情，絕不用那麼費周章的。

我被蒙起了雙眼之後，又被人帶着，走出了那間房間，有兩個人，一左一右，扶住了我的手臂，在向何處走去，我並不知道。

我只是計算着時間，幾乎按着自己的脈搏，數到了七百三十次，也就是說，約莫過了十五分鐘光景，便停了下來，我聽得一個聲音道：「將他面上的黑布除下來。」

我一聽得那聲音，心中不禁為之一愣。是那純正的國語，是那熟悉的聲音，我不等身旁的兩人動手，兩臂一振，將兩人推了開去，一伸手，扯下了蒙在我面上的黑布。

我以為我一定可以看到這個野心集團的首腦了，怎知我料錯了，我仍然對着那一副電腦傳譯機，也仍然是在我以前到過的那間房間中！

我難以抑制我心中的怒意，大聲道：「這是什麼意思，將我這樣子帶到這裏來，是什麼意思？」

那聲音道：「是懲戒，衛先生，這是最輕的懲戒。」

我抗議道：「懲戒我什麼，是我辦事不力麼？」

那聲音道：「你辦事是否出力，我們不知道，因為你和張小龍之間的談話，我們無法聽得懂。」

我心中暗暗歡喜，道：「我用的是張小龍故鄉的土語，我相信這樣，更可以打動他的心。」

那聲音道：「那完全由得你，你和張小龍的談話，我們已全部錄了音，你回到你的房中之後，我們會開放錄音機給你聽，你要用英文將每一句話，每一個字都翻譯出來，我們不容許你弄什麼狡獪，你要知道，要找一個聽得懂你所說的那種方言的人，並不是什麼困難的事，你可知道麼？」

我心中又暗暗吃驚，他們要找一個聽得懂四明山區土語的人，當然不是難事，大約至多只要兩三天，便可以成事了。

而且，即使我照實翻譯了我和張小龍的對話，他們也一定會這樣做的，因為他們實際上並不相信我。而我卻並不準備照實翻譯，而且準備胡謅一道。

我的胡謅，大約在三天之內，可以不致被揭穿，而張小龍給我離開這裏的限期，也是三天。

也就是說，三天之內，我再不想辦法離開這裏的話，我將永遠沒有機會離開這裏了。

三天，對於焦急地等待什麼事情來臨的人，可能是一個十分漫長的時間，但是在如今這種情形之下，對我來說，三天的時間，實在是太短促、太短促了。

我心中一面想，一面道：「自然，你不要我翻譯，我也早準備翻譯的了！」那聲音立即道：「這樣說來，你在和張小龍交談之前，便已經知道我們聽不懂這種語言的了？」

我心中一驚，道：「正如你所說，要找一個聽得懂這種方言的人，不是難事。」

那聲音道：「自然，我們會找的！」

我站了起來，道：「我可以不蒙上黑布，不由人押解，而回到我自己的房中去了麼？」

那聲音道：「可以了！」

那兩個押我前來的大漢，早已離了開去，這是我已經注意到的了。因為，雖然我在離開這間房間之後，仍然會不可避免地被監視，但是沒有那兩個虎視眈眈的大漢在旁，我總可以比較自由地觀察我所處的環境，和尋找我逃走的可能性。

所以，我在一聽得那聲音說我不必再由人押解，便可以回到我的房間中時，心中便暗暗高興。我立即站起來，向門外走去。

我剛一到門旁，便聽得那聲音道：「你在回到你房間的途中，最好不要多事，因為我們還不希望你成為一撮灰塵！」

我苦笑道：「你以為我能多事什麼？」

那聲音冷冷地道：「那就在乎你自己了。」

我不再說什麼，打開了門，走了出去。沒有多久，我便來到了那放射死光的地方，那中年人持着武器，監視着我，走出了禁區。

我雖然曾兩入禁區，但是這個野心集團的首腦，究竟住在何處，是何等樣人，我卻是一無所知，因為兩次，我都是對住了電腦傳譯來和他交談的。

出了禁區，我來到了升降機的面前，沒有多久，升降機的門，打了開來。

我忽然想起，這個龐大的建築物的每一個角落，都裝有電視傳真器，可以使得那首腦足不出戶，便能知道所有的動態，掌握所有的資料。

但是，在這架升降機，卻不一定也裝置有電視傳真器！

因為升降機並不大，四壁十分平滑，其間，絕不能藏下電視傳真器的。我心中不禁怦怦亂跳起來。因為我的設想，如果屬實的話，那麼，在這個建築物中，這升降機，乃是一個死角！

（一九八六年加按：升降機中的閉路電視傳真，如今普遍到了什麼程度，不必細表了。）

固然，在這座龐大的海底建築物中，可能根本不止一架升降機，然而，這架升降機，卻可以給我利用來做許多事情！

我一面心念急轉，一面跨進了升降機。機內只有我一個人和司機。我打量着那個年老的司機片刻，然後，以日語說出了我所要到達的層數。

司機回望了我一眼，默默地按着鈕，升降機迅速地下降着。

大約過了不到兩分鐘，那司機忽然道：「你是新來的吧！」他講的自然也是日語，但是卻帶有濃厚的北海道口音。

我立即也以帶着和他同樣鄉音的聲音道：「是的，從北海道來。」

那司機出神地道：「北海道，北海道，不知怎麼樣了。」

我道：「還是那樣，你離開家鄉，已經很久了吧！」

那司機嘆了一口氣，道：「我——」

然而，他只講了一個字，電梯便已經停了下來，他也立即住口不言，我更不再問他，便走了出去，當我跨出升降機之際，我心中高興到了極點！

因為我的料想，已經得到了證實！如果升降機中，是有電視傳真器，或是傳音器的話，那麼，那老司機是絕不敢和我講話的，這觀乎他在升降機一停之後，便立即住口一事，便可知道了！

我雖然只有兩三天的時間，來準備我的逃亡，但在這兩三天中，我可以有許多次單獨在升降機中的機會，我一想到「單獨」，便不期而然地想起了那個年老的升降機司機來。

我本來是急急地向前走着的，但這時候，我一想到那司機，我的心中，突然閃過了一個十分大膽的計劃，在那一瞬間，我不由自主，停了下來。

當然，我只是停了極其短暫的一瞬間，因為我不想被任何人知道在忽然之間，我心中有了一個重要的決定。

我回到了自己的房中，剛一坐下，便有人叩門，來人將一具錄音機和一大盤錄音帶交了給我，我一面放着錄音帶，一面捏造着和原來的談話絲毫無關的話，算是我在翻譯我和張小龍談話的內容。

但是同時，我心中卻在思索着，我剛才突然所想到的那個大膽的計劃，是否可行。

這個野心集團所掌握的尖端科學，毫無疑問，超乎如今世界的科學水準至少達三十年之多，但是他們卻還是沒有辦法，窺測一個人的思想，我在想什麼，他們是不知道的。

我首先想到的，是那個升降機司機的容貌，是最普通的一種，你可能對他凝視大半天，但是當他離去之後，你還是說不出他面上有任何特徵來。

這正是對我最有利的一點。

我剛才，在跨出升降機之際，突然有了這樣一個大膽的計劃，也正是這一點所啟發的。因為我自信自己的觀察力，並不亞於任何人。但是，在我跨出升降機，想起那司機的時候，我卻無法形容出他的樣子來，只可以說他，滿面皺紋而已！而皺紋，則是可以用最簡單的化裝，加在面上的！

說穿了，也很簡單，我的計劃的第一步，便是將自己化裝為那個升降機司機！

那個司機，每天和這個龐大建築物中的人會面，但是我想，大約沒有什麼人去注意他的神態，更沒有什麼人會去和他交談。每一個人，跨進升降機，總只不過是說出自己所要到的層數就算了。

第十四部

逃亡

當然，我也曾考慮到，如何處置那個司機的問題，那只好暫時委曲他了，因為我已經注意到，那升降機是多年之前漢堡的出品，式樣十分舊，是頂上有一個洞可開的那種，我可以將那個司機從那洞上塞上去，讓他留在升降機的頂上。

而當我搖身一變，成為一個司機之後，我便可以有機會自由來去，觀察去路了！

我身邊總帶着一些十分靈巧的化裝工具，要化裝成那個司機的模樣，我相信只要在三分鐘之內，便可以完成了，問題就是我要有三分鐘單獨的時間，不能被人發現。

因為我心中在竭力地思索着我逃亡計劃的第一步，所以，我口中雖然在不斷地說着，但是說些什麼，我卻連自己也不知道。

等我將第一步計劃，思索得差不多之際，我便站了起來，自答自問。

我自言自語道：「噢，有一件事，我必須去見一見甘木先生。」

我自然知道，我在這間房間之中所發出的每一個字，立即便有人會聽到的。當監視我的人，聽到我要去找甘木，他自然不會去阻攔了。

所以，我一面說，一面便向門外走去，出了門，我直向升降機走去，同時，我伸手入西裝上衣的一個秘密口袋中，略為摸索了一下，我所需要的化妝品全在，我可以利用那些化妝品，完全變成另外一個人！

當我等着升降機到來之際，我的心情，也不免十分地緊張。

沒有多久，升降機的門打了開來，裏面只有那司機一個人。我心中暗暗慶欣，連忙跨了進去，直到門關上，我突然一伸手，已經拿住了那司機的腰眼，緊跟着，我左掌輕輕地在他的頸際一砍，他整個人，便已經軟癱了下來，倒在一角。

我連氣都不透，按了最下層的按鈕，讓升降機向下落去，然後，我以快到不能再快的動作，將自己的衣服，和司機的衣服對換。

令得我十分欣慰的是，那司機的身材，和我差不多，我一和他換完衣服之後，便踮起腳來，頂開了升降機頂上的那個小門。

從那個洞望上去，可以看到升降機的頂上，有一盞紅燈，粗大的鐵纜，正像怪蛇一樣地在蠕蠕而動，我將司機自那洞中，塞了上去，又將小門關上。

這一切，花了我兩分鐘。

而升降機早已到了底層，門自動打了開來！我是還未曾化裝的，因此門一打開，我便變得隨時隨地，可以被人發現的目標了！

我連忙一側身，幸而，那一條走廊上沒有人，升降機門的一開一合，只不過十秒鐘。然而那十秒鐘，卻長得令人感到是整整一世紀！

我連忙又按了最頂層的按鈕，令得升降機向上升去，然後，我開始化裝。

又過了兩分鐘，我就成了一個滿面皺紋的老人。

當我化裝完成之後，如果令那個司機，站在我的旁邊，可能任何人都可以一眼便分出我和他原人的不同之處來的。

但是，當我一個人，穿着司機的衣服的時候，我相信，我就是那個不能給人以任何深刻印象的老司機了，沒有人會注意我和他之間，有什麼不同之處。

我才在面上，畫完了最後一道皺紋之際，升降機突然響起了鈴聲，那是有人要使用升降機了，我連忙將升降機開到有人召喚的那一層。機門打了開來，我抬頭一看間，心頭的緊張，不禁又到了極點！

站在門口的，不是別人，正是甘木！

我的計劃，已經面臨了一個嚴重的考驗。甘木和那司機，同是日本人，如果甘木也不能認出我來的話，那麼，我的計劃，總算已成功了第一步。但如果給甘木認出的話，那就完了。

門開後，甘木立即問道：「剛才是不是有人進來過？」

我知道他問的是我。這證明他沒有認出我。

同時，我也知道，我在房間中的自言自語，已給監視我的人聽到，並且立即轉告甘木，說我要去找他。但是五分鐘後，當甘木發現我還沒有到，他便立即在搜尋我了！

從這一點上，也可以看出這個野心集團組織之嚴密，和辦事效率之高，也是到了空前的地步！

我低着頭，道：「有，不久前，就在這一層走了出去。」

甘木和我講的是日語，我也以日語回答他，當然，我的聲音十分蒼老，而且帶着濃厚的北海道口音。如果說我的化裝不是天衣無縫的話，那麼我的聲音，卻是已摹仿到了維妙維肖的地步。

甘木根本連看都不看我一眼，因為他是首腦的私人秘書，地位極高，但是我，卻只不過是一個卑不足道的升降機司機而已！他只聽到了我的聲音，便再也不會懷疑我的身分了。

甘木「嗯」地一聲，轉過身來。只見一個人匆匆地走了過來，道：「沒有發現，不知他到什麼地方去了。」甘木又呆了半晌。道：「難道他誤推了有藍點的門？」那人道：「不會的，如果是這樣的話，他固然化灰了，我們也一定可以收到警號的。」

甘木向我揮了揮手，我連忙彎腰。又有人在召喚升降機了，我便將升降機開了上去。

我心中的高興，實是難以形容！

因為我不但過了第一關，而且，我還知道，有着藍點的門是危險的，是不可推動的。

我完全擔任着司機的任務，達三小時之久。在那三小時中，在升降機上落的人，都顯得十分匆忙，我見了甘木不下五六次之多，他的面色，一次比一次來得焦急。

我曾聽得他對他人説：「一個人在這裏消失，而不為人所知，是不可能的事。」當他講這句話的時候，老天，我就在他身後半步處！

三個小時之後，升降機停在底層，一個和我穿着同樣衣服的人，走進了升降機，在我肩頭上拍了一下，道：「該你休息了！」

我含糊地應了一聲，便走了出來。

我計劃的第一步完成了，現在開始第二部分，但是一開始，便遭到困難。

我如今是一個休班的升降機司機，當然要休息。但是，我卻不知道自己，是住在什麼地方的！我抬頭仔細打量四周圍的情形，只見那是一條極長的走廊。

在走廊的兩旁，全是一扇一扇的門，那情形就有點像如今的大廈一樣，但是每一扇門，全都關着。我當然不能去找人來問，問我自己住在什麼地方，因為這樣一來，便露出馬腳來了。

我只好慢慢地走着，用最慢的速度，希望遇到什麼人，自動和我搭訕，同時，我又仔細地看着每一扇門，希望門上有什麼標誌。

但是過了很久，我卻未曾遇到什麼人，也沒有在門上看出什麼線索來。

當我將要來到了走廊的盡頭之際，我才聽得身後有人叫道：「久繁！久繁！」

我不知道「久繁」是什麼人，但是我卻聽得出，這是一個日本人的名字，我心中不禁一動，這是不是在叫「我」呢？

因此，我連忙停了下來。

我還未曾轉過身，肩頭上便被一個人，重重地擊了一掌。這一定是一個喜歡惡作劇的傢伙，要不然，他招呼人的時候，絕不會下手如此之重的。我假作一側身，幾乎跌倒，然後口中咕嚕了一聲。

那人道：「久繁，下班了，再去喝一杯吧。」

那人果然是在叫我，我的名字，現在是「久繁」。我點了點頭，道：「好。」那人「格格」笑了起來，道：「甘木，你的同鄉，送了一瓶美酒給你是不是？」

我仍然含糊地道：「是。」那人道：「那麼，今天在你那裏乾杯了？」

他的話，正中我下懷，我立即道：「好！」

那人興高采烈地走在我的前面，我倒反而跟在他的後面。他和我講了許多句話，但是他是什麼樣人，我也沒有看清楚，這說明他和「我」——久繁，一定是太熟了，熟到根本用不着一面講話一面望着對方的地步，而如今他一定也不知道帶着一個根本不識路途的人，在到久繁的房間中去。

沒有多久，他便在一扇門前，用力一推。

那門竟是開着，被那人應手推了開來，門一開，裏面的燈光，便着了起來。

我看到房中的陳設，十分舒適，我知道在這裏的人，物質生活，一定可以得到高度的滿足。

一進了房間，我將門順手關上。那人也轉過了身來。

他一轉過身來，便望定了我。

我可以斷定他也是日本人，約莫三十多歲，身上所穿的，是工程人員的衣服，他望着我的面，而他的神色，則怪異到了極點！

我知道那人已經看出了站在面前的人，和真正的久繁的不同之處。

但是我從他的神情上看來，卻又可以知道他心中，並不能肯定我不是久繁。那是因為久繁的模樣，實在太普通了。普通到了雖然久繁和他極熟，但是卻也不能在他的臉中留下什麼明確印象的緣故。更何況，我的化裝，至少也有四五分相像。

那人揉了揉眼，以手在額角上拍了拍，道：「老天，你是久繁麼？」

我心中一方面十分緊張，一方面卻暗暗好笑，道：「你以為我是什麼人？唉！」我一面說，一面以手去捶自己的腰骨。

我曾經觀察過久繁的許多小動作，而捶腰骨則正是他作得最多的小動作！我才捶了兩下，他便道：「你真是久繁，我們才一天不見，你好像變了！」

我道：「那怕是你對我本來就沒有什麼印象吧！」那人搖頭道：「不！不！酒在哪裏？」

酒在哪裏？這一問可問得不錯，酒在哪裏？我怎知道？我只好在人們習慣放酒的地方去找，不一會，就給我找出一瓶威士忌來。

那人也不等我去拿杯子，一手將酒搶了過來，「嘓嘟」、「嘓嘟」就喝了兩大口，一面喝，一面叫道：「好酒！好酒！」叫完又喝，轉眼之間，一大瓶酒，已喝去了一大半。

我這才想起，我應該止住他了，因為我現在是久繁，久繁一定也是一個酒鬼，焉有酒鬼任人喝酒，而不去搶過來之理？

所以，我立即一伸手，將他推得倒在沙發上，同時，將酒搶了過來，也對住了瓶口喝了兩口。再去看那人時，只見那人躺在沙發上，眼中已有了醉意，講話的舌頭也大了。

只聽得他道：「久繁，只有在你這裏，才可以講幾句話，因為你是電梯司機，所以沒有人注意你，我相信甘木也常來，所以他才送酒給你，是不是？」

我含糊地聽着，那人的話，又給我知道了一個事實，在這個集團之中，除了最高首腦之外，幾乎人人都是被監視着的，連地位高如甘木，都在所不免，由此便可見一斑了！

我又道：「你可別什麼都說！」

那人道：「自然不會，只要事情成功了，我就可以接管三菱、三井兩大財團的所有工業，我當然要努力工作，但是如今，我卻想家！唉！」

我心中實是又好氣好笑。所謂「可以接管三菱、三井兩大財團管轄下的所有工業」，那當然是野心集團對那個人的許諾。由此可知道這個人的地位並不高，因為野心集團對我的許諾，是遠東地區警察力量首長，那當然比他的地位高得多了！

我也跟着嘆了一口氣，道：「誰不想家？」那人忽然欠身坐了起來，道：「久繁，拿酒來！」我將酒交了給他，他又猛喝三口，涎沫和酒，一齊從他的口角處流了下來，他也不去抹拭。

他將三口酒吞下之後，才道：「久繁，你可想得到，我今天幾乎離開這裏了！」

我聽了之後，心中不禁猛地一動，道：「什麼？」

他又搖了搖頭道：「我幾乎離開了，如果我已經有了決定的話，現在，彌子已經在我的懷抱之中了！」彌子一定是他的妻子或者情人，我想。我立即道：「那你為什麼不走。」

他抬起頭來，道：「久繁，如果你去，我也走！」

那人講的雖然是醉話，但是我卻看出他想念彌子的力量，可以令得他做出任何事情來的。我説道：「你怎麼能走？告訴我，我年紀比你大，一定可以給你下定奪的。」

那人又再飲了幾口酒，晃着酒瓶，道：「總工程師最近發明了一種東西，叫做『魚囊』，是塑膠製造的，樣子像一條大魚似的膠套，人們在那膠套中，操縱控制桿，便可以達到每小時八十里的速度，像魚一樣在海中游行。」

我愈聽，心中便愈是歡喜！

但是我卻故作鎮靜，打了一個哈欠，道：「那也不行，你有這種『魚囊』，你也出不了這裏啊！」

那人突然一伸手，握住了我的手腕，道：「久繁，我告訴你，製造『魚囊』的最後一道工序，是由我負責的，而且，每一具『魚囊』，在經過最後一道工序之後，要在海底試用，這也是我負責的，我已經計算過，只要七小時，我就可以見到彌子了!七小時!彌子!七小時!」他講到這裏，突然唱起一首古老的日本情歌來。

那首日本情歌，是說有一雙情侶，一個在海的一端，一個在另一端，為大海所阻，日日相思，不能得見。音調十分滄涼。

他唱了幾句，我就和着他唱。等到唱完，我拍了拍他的肩頭，道:「彌子不知是不是也在唱同樣的歌，或許她以為你已經死了，正在唱另一種歌呢!」我一面說，一面哼了幾句日本哀歌。那日本人的感情衝動，顯然到了極點!

他搖搖晃晃地站了起來，雙臂張開，叫道:「彌子，五郎來了，彌子，五郎來了!」我見時機已快成熟，立即走了上去，大姆指在他的「太陽穴」上，輕輕地按了一下。

那一按的力量，如果恰到好處的話，可以令得醉酒的人，頭腦略為清醒些，但是卻又不會酒醒。我一按之後，他打了一個冷震，忽然「嗚嗚」哭了起來。

我沉聲道:「五郎，你是不能離開彌子的，彌子對你來說，比一切都重要!」我在講那幾句話的時候，雙眼直視着他，同時，我所用的聲調，也十分低沉。五郎立即重複我的話，道：「彌子比一切都重要。」

老實說，我對於催眠術，並沒有什麼了不得的心得。但這時，五郎的精神狀態，顯然已處於一種十分激動，任人擺佈的情形之下，我修養並不高的催眠術，在他的身上，也立即起了作用！

我心中大喜，又道：「她比一切都重要，比三菱三井財團還重要。」五郎一面流着淚，一面重複着我所說的話。我又道：「你要用一切辦法，離開這裏去見她！」五郎立即道：「是。」

我又道：「那魚囊，你是知道操縱方法的，為什麼你不利用它去見彌子？你已經不愛彌子了？」五郎歇斯的裏地叫了起來，道：「不！不！我愛她！」

我唯恐他的叫聲，被外面的人聽到，忙道：「低聲！那你就應該去找她，我是久繁，你最好的朋友，我願意和你一起走，魚囊是你掌管的，你可以順利地離開，七小時之後，你便能見到彌子了，你知道了麼？」

五郎止住了哭聲，道：「知道了。」

我又加強心理上的堅定，道：「你必須這樣做，只有得到了彌子，你今後才有幸福！」他點了點頭，表示同意。我道：「事不宜遲，我們該走了。」

他向門口走去，開始幾步，步法十分踉蹌，但是到了將門打開之後，他的步法，已經十分堅定了，我跟在他的後面，一直到了升降機旁。

五郎按了鈴，等升降機的門打開之後，接我班的那人，以奇怪的眼光望着我們，五郎道：「頂層！」

升降機向上升去，我縮在升降機的一角，只見五郎的胸脯起伏，顯見他心中十分緊張。一個人在接受催眠的狀態下，去進行平時他所不敢進行的事，心情的確會激動的，也就是說，到目前為止，一切進行得十分順利。如果我只能就此離開這裏的話，那麼一切都進行得太順利了！

不一會，升降機便停了下來，我和五郎跨出了升降機，不一會，他已停在一扇圓形的鋼門之前。

在那扇門之旁，有一個刻着數字的刻度盤，五郎轉動着那刻度盤，我注意他轉動的次數，發現那是一個七組三位數字組成，共達二十一個數字之多的密碼。也就是說，如果不是知道這個密碼的人，即使活上一千年，也是無法打得開那扇門的。

五郎當然是熟悉那號碼的，但是他也足花了近三分鐘的時間！

在那三分鐘中，我的心跳聲，甚至比五郎撥動刻度盤時所發出來的「格格」聲更響。

因為那是最緊張的一剎那，只要有人看見，我和五郎全都完了，而我也永遠不能再找一個這樣逃走的機會了。也就是說，我將永遠和可愛的世界隔絕了！

好不容易，像過了整整十年一樣，才聽得「咔」地一聲，五郎停了手，我和他一齊推開了那扇圓門。

圓門之內，一片漆黑，只見五郎伸手，在牆上摸索了一會。電燈便着了。

我看到在我們的前面，有一條寬可三尺的傳動帶，當五郎按動了一個鈕製之後，那條傳動帶向前移動起來，五郎拉着我，站了上去，我們兩人便一齊向前移去。我四面看看，全是一些我叫不出名字來的儀器和工具，那裏顯然是一個工作室。

我心中的緊張仍然絲毫未懈，在傳動帶上，約莫又過了三分鐘，我們便在另一間工作室中了。

那間工作室的一幅牆上，有着五個徑可兩尺的大圓洞，也不知是通向何處的。而在地上的三個木架上，則放着三件我從來也沒有見過的東西。

那東西，長約兩公尺，形狀像一條被齊中剖開的大魚，但是那「魚皮」卻有五公分厚，我伸手去摸了一摸，好像是橡皮，但是卻柔軟得像棉花一樣，那顯然不是橡皮，而是一種新的聚氯乙稀的合成物，是陸地上所沒有的一種新東西。

在「魚皮」裏面，像是一個十分舒服的軟墊，按照人的曲線而造的，人可以十分舒服地睡在裏面，而我可以看得懂的，是一個氧氣面罩，還有許多儀器，我卻完全不懂。

五郎仍然在被催眠的狀態之中，他站在那三具物事面前，道：「久繁，這就是可以使我們離開這裏的『魚囊』了！」他一面説，一面爬進了那東西之中，只聽得十分輕微的「拍」地一聲過處，那東西便合了起來，十足像一條大魚。

這時候，我已經知道這具所謂「魚囊」，實際上就是一艘性能極佳，極其輕巧的單人小潛艇，我心中的高興，實是無以復加。

我從魚體頭部的透明部分望進去，只見五郎正舒服地睡在「魚囊」中。

我拍了拍「魚囊」，道：「五郎，你出來。」

「魚囊」又從中分了開來，五郎翻身坐起，道：「這魚囊的動力，是最新的一種固體燃料，從硼砂中提煉出來的。任何人均可以十分簡單地操縱它。」

我忙道：「你盡快地教一教我。」

五郎以十分明簡的語言，告訴了我幾個按鈕的用途，又向牆壁的幾個大洞指了一指，道：「只要推進這五個大洞中的任何一個，按動魚囊的機鈕，就可以像魚雷一樣地射出去的了！」

我沉聲道：「他們不會發覺的麼？」

的郎道：「當然會，但是這魚囊是最新的設計，速度最快，當他們發覺的時候，已沒有什麼東西可以追得上我們了。」

我又四面看了一眼，道：「如今我們在這裏，難道不會被人發覺麼？」

五郎道：「我想他們想不到在下班的時間，我還會到這裏來，所以沒有注視我，當然，我們仍可能為他們發現的，只要監視室的人，忽然心血來潮，按動其中的一個鈕掣的話！」

我一聽，不禁更其緊張起來，道：「那麼我們——」

我本來想說的是「我們快走吧。」但是我話才說了一半，便突然停住了口。

五郎本是在被我催眠的情形之下，他的一切思維活動，均是根據我的暗示在進行着的，我突然地停了口，他便以充滿着猶豫的眼光，望定了我。

我心中猛地想起了一件事，所以才使我的話，講到一半，便不由自主地停了口。

但是，我所想起的那件事，對我和五郎來說，都帶有極度的危險性，因此令得我心中猶豫不已！

催眠術之能成功，完全是因為一種心靈影響的力量，當你的意志力強過對方的時候，你就可能令得對方的思想，受你的控制。

但是，當你自己猶豫不決之際，你就失去了控制對方的力量了。

這種心靈影響，心靈控制，究竟是來自一種什麼樣的力量，這件事，至今還是一個謎，就像外太空的情形究竟如何一樣，人類目前的科學水準根本無法測出正確的結論來。

當時，我心中在猶豫不決，而且，我對催眠術的修養，本來就十分膚淺。因此，我根本未曾注意到五郎的面上神情，出現了什麼變化。

直到五郎突然發出了一聲尖叫，我才陡地吃了一驚，我連忙抬頭向五郎看去，只見五郎面上，那種迷茫的神情，已經消失，取而代之以一種凶神惡煞的神態。

只聽得他怒叫道：「久繁，你在搞什麼鬼？是我帶你來的麼？」

我一聽得他忽然講出了這樣的話來，便知道我對他的催眠控制已經失靈了！

我心中不禁怦怦亂跳，因為如果五郎的態度改變的話，那麼我的逃亡，也就為山九仞，功虧一簣了！我一面暗作準備，一面道：「五郎，你怎麼啦？我和你一齊走，你去看彌子！」

從五郎的口中，爆出了一連串最粗的下流話來，他一個轉身，撲向一張裝有許多按鈕的桌子。

我不知道他此舉的具體目的是什麼，但是我卻可以肯定，他在脫離了我的催眠力量控制之後，又感到三菱三井屬下的全部工業，重要過獼子，因此將對我有不利的行動了！

所以，他只向前撲出了一步，離那張桌子還有一步距離之際，我立即撲了上去，我只是一掌輕輕地砍在他的後頸之上，他的身子便軟癱了下來，跌倒在地上了。

我知道我那一掌的力道，雖然不大，但五郎本就受了太多酒精的刺激，他這一暈，在三小時之內，是不會醒過來的。

我吸了一口氣，站定了身子。我知道我將五郎留在此處，可能不十分「人道」，因為五郎被這個集團中的人發現之後，一定會受到極其嚴厲的懲處。但是我轉念一想，卻又心安理得，因為五郎並不是什麼好人，而且，他如夠狡獪的話，一定會為他自己辯護的。

如今，我剩下來的事，似乎就只是跨進「魚囊」，移動身子，將魚囊置於發射的彈道中，離開這裏就可以了，

然而，事實卻並不是那樣簡單。

如果事情是那樣簡單的話，我這時，早已和五郎一齊置身於大海之中，而不會有如今那樣的局面了。剛才，五郎之所以能夠擺脫我對他意志的控制，是因為我心中突然產生了猶豫之故。

而當時，我心中之所以突然猶豫起來，是因為我想到了我已有了逃走的可能，是不是應該邀請張小龍和我一起走呢？

當時，我想到這一點的時候，不僅考慮到我自己，而且也考慮五郎的安危。如今，我當然不會再去顧及五郎了，然而我卻不得不為自己考慮。

我絕不是自私的人，但是，如果犧牲了我自己，而於事無補的話，這種盲目的犧牲，我卻是不肯作的。

我知道我如今，是處在生或死的邊緣，死亡可能隨時來臨，因為正如五郎所説，監視室的人，隨時可以發現這裏的情形的。

但是，我仍要抽出兩分鐘的時間來，全面地考慮一下，因為，事情關係着一個全人類最傑出的科學家。

我知道自己還有機會走出去，到張小龍住處的門口，在那一段時間中，我就算被人發現，也不要緊，因為我是久繁——一個卑不足道的升降機司機。

但是，如果我進入張小龍室中的話，那我便非受人注意不可了。

因為，這野心集團對張小龍的監視，不可能是間歇的，而一定是日以繼夜的。

只要他們一注意到了我，自然便可以發現我是喬裝的久繁。

自然，接之而來的是：一切皆被揭穿，非但是張小龍走不了，我也走不了。

而如果我不顧張小龍的話，只要我爬進「魚囊」，我就可以藉着最新的科學發明，在海底疾航，五郎告訴我，在魚囊中有着自動導航儀的設備，那麼，全速前進的話，四小時之間，我就又可以和霍華德，和張海龍見面了！

無論從哪一個角度看來，我都應該立即離去，而不應該去找張小龍的。

但是，我卻是一個倔強的人，有時，倔強到不可理喻的地步，像那時候，我便以為，只要有逃走的可能，我就不應該拋棄張小龍，獨自離去，我要去碰碰運氣，雖然這看來，是毫無希望而且極度危險的，但是，我還是要去試一試！

或許，我就是俗語所謂「不到黃河心不死」的人吧。

我向倒在地上的五郎看了一眼，又向張開着，可以立即送我到自由天地的「魚囊」看了一眼。然後，我一個轉身，便向外走去。

在門前，我站了一會，將開門的密碼，記在心中，小心地覆述了一遍。然後，我拉開了門，立即又將門關上，一躍身，我已離開了那扇門有三四步的距離了。

現在我是安全的，因為沒有人看到我從那扇門中出來，我又以久繁的步法，來到了升降機之前，不一會，升降機的門打開，我走了進去，向那司機，說了張小龍所住的層數。那司機咕噥着道：「你還不休息嗎？」我只得含糊地應着他。

升降機上升着，但是，未到張小龍所住的那一層之間，突然又停了下來。

我心中猛然一凜，連忙側身而立。

只見門開處，甘木和另一個人，跨了進來！

在那片刻之間，我的心跳得像打鼓一樣，甘木一進升降機，便厲聲道：「久繁，你已經下了班，還不休息麼？」

我將頭低得最低，道：「是！是！」

甘木又道：「衛斯理突然失蹤，如果不是我向你一力擔保，你要受嚴厲的盤問！」

我心中暗忖，這時在升降機頂上的久繁，如果聽得到甘木的話，那他一定會十分感激甘木的了。而我當然也一樣地感激甘木，因為我如果遭受到嚴厲的盤問的話，我一定也會露出馬腳來的。

我又道：「是！多謝甘木先生！」

甘木「哼」地一聲，轉過頭去，和他同來的那人道：「張小龍總算識趣，已答應和我們合作了！」那人道：「是啊，我們派駐在各地的人員，也已接到訓令，要他們盡量接近各國的政治首腦、軍事首腦和科學首腦！」

甘木搓了搓手道：「只等張小龍將大量的黑海豚的內分泌液，離析出來後，我們征服世界的目的，便可以達到了！」

那人「哈哈」地笑了起來，道：「張小龍接受了世界最高榮譽公民的稱號，便心滿意足了，他當真是傻瓜，哪像你那樣，可以得到整個亞洲！」

甘木在那人的肩頭上一拍，道：「你呢，整個歐洲！」

那人發出了一下愉快的口哨聲。

從甘木的這句話聽來，那人一定是和甘木同樣地位的野心集團首腦的四個秘書之一。

而且，我更知道，原來他們是準備以海豚的內分泌液來改變他們要操縱的人。海豚本來是智力十分高的動物，也是最容易接受訓練的動物，的確是最理想的動物之選了。

同時，我的心中，也不禁陣陣發涼。

因為，我冒着那麼大的危險，想去邀請張小龍一齊離開這裏。但是，張小龍卻在最後關頭，願意和這個野心集團合作了！

幸而我在升降機中，聽到了甘木和那人的對話，要不然，我冒着生命危險去找張小龍，不是變成了自投羅網麼？

但是，在剎那間，我的心中，卻一點也沒有慶欣之感，我反而感到十分痛心，十分難過，因為張小龍這一答應和野心集團合作，不但人類將要遭受到一個極大的危險，而且，這是一個個人尊嚴的崩潰。我對張小龍，本來是有着極度的信念的，但是如今，他卻在強者的面前屈服了。

在甘木和那人得意忘形的笑聲之中，我頭脹欲裂，幾乎忍不住要出手將他們兩人，一齊殺死。

但是我卻竭力地控制着自己的感情，不讓自己那麼做，因為我要活着離開這裏——我已經有了離開這裏的可能性了。

而且我離開這裏之後，我將是第一個知道人類已面臨着一個大危機的人。

幸而甘木和那人先離開了升降機，才使我的忍耐力，不至於到達頂點！

我連忙吩咐那升降機司機，再到最低層去，那司機叫道：「老天，久繁，你究竟在搞什麼鬼？可是喝得太多了麼？」

我忙道：「幫幫忙吧，我要去找五郎！」

那司機搖了搖頭，顯然是他心中雖然感到奇怪，但是卻並不懷疑我，我不斷地伸手捶着自己的腰際，不一會，升降機又到了底層。

我緊張得屏住了氣息，跨出了升降機，等到升降機的門關上，我才如一陣風也似，掠到了那扇鋼門的門口，根據我的記憶，轉動那個刻度盤。

我已經説過，那是一組由廿一個數字組成的密碼，即使是五郎，也是要花三分鐘的時間。

我手心冒汗，盡量使自己的手不要震。

我曾經經過不少驚險的場面，但是卻沒有一次像如今那樣吃驚的。那是因為，如今的成敗，不僅關係着我一個人，而且，關係着整個人類今後的命運！

我轉動了約莫兩分鐘，才轉到了第十六個號碼上。也就在此際，我的身後，傳來一陣「閣閣」的皮靴聲，那聲音自遠而近，來得十分快。

在聲音剛一傳入我耳中之際，我便想躲避。

但是，在我一個轉身之間，我發覺已經遲了。

一個人已經轉過了牆角，離我雖然還有十公尺左右，但是他毫無疑問地可以看到我了。我連忙又轉過身去，停頓了幾秒鐘。

在那幾秒鐘之中，我全身肌肉僵硬，幾乎連心臟也停止了跳動。

只有我的大腦，還在拚命地活動着，思索着對策。

第十五部

雙重性格人

來的是什麼人，我不知道，但是我卻已經被他發現了！他會對我怎樣呢？當他來到我的身邊之際，我又應該怎樣呢？

在那幾秒鐘之內，我想了不知多少事，然後我才繼續轉動刻度盤。轉動刻度盤的「格格」聲，和來人皮鞋的「閣閣」聲，交織成為最恐怖最恐怖的聲音。又過了一分鐘，二十一個數碼都已轉完，那扇門也已經可以打開來了。

就在這個時候，我感覺得到，那人也在我的身後，停了下來。

只聽得有人以十分冷酷的聲音道：「五郎，開夜工麼？」我含糊地應道：「是。」那人又道：「有上峰的夜工許可麼？」我心中猛地吃了一驚，但是我仍然十分鎮定（連我自己心中也在奇怪，何以我會那樣鎮定的）我道：「有的！」

那人道：「公事公辦，五郎，將許可證我看看。」

我道：「好！」我一面說，一面伸手入袋。

也就在那一瞬間，我膝頭抬起，頂在門上，將那扇鋼門，頂了開來，幾乎且在同時，我轉過身去，看到了一張十分陰險的臉。

然而，那張臉卻絕對沒有機會看到我，因為我才一轉過身去，手揚處，一掌已經劈向那人的頸旁，我聽得那人頸骨斷折的「格」地一聲，我立即拖住了他，進了鋼門，將鋼門關上。

我一將門關上，立即便將那人的身子，放在地上。

然而也就在此際，我卻又陡地呆了一呆！

只聽得在那人所戴的一隻「手表」之上，傳出了一個十分清晰的聲音，道：「二十六號巡邏員，五郎怎樣了？二十六號巡邏員，五郎怎樣了！」

我根本不及去模仿那人的聲音回答詢問，我只是在一呆之後，身形展動，飛掠而出，掠過了傳動帶，來到了一具魚囊的旁邊。

當我到達魚囊旁邊的時候，我聽得走廊上，叫起了一陣驚心動魄的尖嘯聲，同時，突然有擴音器的聲音，傳了過來，聲音十分宏亮驚人，道：「衛斯理，快停止，你不會有機會的！」

如果我是心理不健全的人，給擴音器中的聲音一嚇，猶豫了半分鐘或是一分鐘的話，那麼，我可能真的沒有機會了。但現在，我仍是有機會的。

所以，我對那警告，根本不加理會，抱着「魚囊」來到發射管前。

我的動作十分迅速，大約只有十五秒到二十秒的時間，我已經進了五個發射管中的一個，我進入魚囊，同時，紅燈亮處，我可以十分清楚地看到我面前的各種儀表和按鈕。

我立即根據五郎所說，按下了一個金色的鈕掣。

在我剛一按下那鈕掣之際，我還聽得擴音機叫「衛斯理」，同時，聽得那扇鋼門，被「砰」地撞了開來的聲音。

按鈕一被按下，魚囊在發射彈道之中，迅速地向前滑出。起先，還覺得有極其輕微的震盪，六七秒鐘之後，明滅的黃燈，告訴我「魚囊」——這最新設計的單人潛艇，已經在海底航行了。

我從前面的不碎而且可以抵抗海底高壓玻璃片中，向外望去，外面已是黑沉沉的海底，魚囊以極高的速度，在海底飛掠而出。

大約過了兩分鐘，面前猶如明信片大小的電視機，忽然又亮起了綠燈，我打開了電視機，只見在海底，有接連不斷的爆炸，水泡不斷地上升，看情形，那爆炸就在我那具魚囊之後不遠處發生。

我當然知道，那是野心集團研發，企圖將我和魚囊一齊炸毀的魚雷。

但是我記得五郎的話：這是最新的設計，沒有什麼東西，在海中可以達到那麼高的速度。也就是說，我所在魚囊之中，一從彈道中彈入了海中，我便是安全的了，沒有什麼魚雷，可以追得上我！

我操縱着這具奇異的「魚囊」，一直向前駛着，直到半小時之後，我才開始使用它的自動導航系統，我知道要回家，大約只要六小時就夠了。

連日來，我異常緊張的心神，到這時候，這才略為鬆了一鬆。

我已經想好了一切的步驟，一上岸，我就找霍華德，立即將我的經歷告訴他，報告國際警方的最高首腦，然後，才轉告各國的首腦。以後的情形如何，那就不是我的能力所及的了！

我想起張小龍終於和野心集團合作一事，心中仍是不絕地痛心。

同時，我感到十分為難，因為，在我上岸之後，我將不知如何將這件事和張海龍說好！

張海龍是那麼相信他自己的兒子，威武不屈之際，他心中縱使傷心，但是老懷亦堪安慰。

但是，當他聽到他兒子竟甘心將他的驚天動地的新發明，供野心集團利用之際，那麼，他又會感到怎樣呢？可憐的老人！

三小時的時間，在我煩亂的思考之中，很快地便溜了過去。

在升出海面，利用潛望鏡的原理，攝取海面上的情形的電視機的熒光屏上，已出現了我所熟悉的海岸，我不敢令得「魚囊」浮出海面，以免驚人耳目，我在一個深約十公尺的海底，停下了「魚囊」，同時按動鈕掣，「魚囊」裂了開來，成為兩半。

我在水中，向上浮了起來，游上了岸。

我又看到了青天，看到了白雲，呼吸到了一口自然的空氣，我忍不住大聲怪叫了起來。

這裏是一個小島的背面，在夏天，或許會有些遊艇來，但現在卻冷僻得可以。

但是我知道，只要繞到了島正面，便可以有渡船，送我回家去。所以，我將外衣脱了下來擰乾，重新穿上。自從我那天離家被綁，直到今日脱險，那幾天的時間，簡直像做夢一樣。我相信，如果我不是有一具「魚囊」，可以為我作證，我是來自一個具有陸地上所沒有的，高度文明的地方的話，那麼，我將我的經歷講出來，人家一定以為我在夢囈了！

我向那小島的正面走去。然而，我才走了幾步，便聽得海面之上，傳來了一陣急驟的馬達聲。

我心中一凜，連忙回頭去看，只見三艘快艇，濺起老高的水花，向岸上直衝了過來，同時，頭頂上，也傳來了軋軋的機聲，我再抬頭看去，一架直升機，已在我頭頂徘徊，而有四個人，正跳傘而下！

在那片刻之間，我心中當真是驚駭莫名！

我連忙不顧一切，向前掠去，但是「格格格格」一陣響處，一排機槍子彈，自天而降，順着我掠出的方向，竟達十尺之長，子彈激起的塵土比人還高！

我知道我是沒有辦法逃得過去的了。我只站定了身子，只見四個自天而降，手持手提機槍的男子，首先落地，將我圍住。

我發現他們身上的降落傘，並不需要棄去，而且是發出「嗤嗤」之聲，自動縮小，縮進了背囊之中。

我本來還在僥倖希望，正好是警力在捉私梟，而我不巧遇上。但是我一見那自動可以縮小的降落傘，便知道他們來自何方的了。

因為那種在降落之後，可以自動縮小的降落傘，正是幾個大國的國防部，出了鉅額獎金在徵求科學家發明的東西。那幾個人已經在使用這種降落傘，毫無疑問，他們一定是野心集團的人了。

我吸了一口氣，站立不動，而在這時候，快艇也已趕到，又有四個人，飛步向我奔來，我看到，奔在最前面的一個，長髮披散，就像是一頭最兇惡的雌豹一樣，不是別人，正是莎芭！

轉眼之間，莎芭和那三人，也到了我的跟前。

在莎芭美麗之極的臉容之上，現出了一個極其得意，極其殘酷的微笑，她挺了挺本來已是十分高聳的胸脯，道：「衛斯理，你白費心機了！」

我苦笑了一下，道：「是麼？」

在那樣的情形下，我除了那兩個字以外，實在也沒有別的話可以說了。

莎芭格格她笑了起來，露出了她整齊而又潔白的牙齒，那是十分迷人美麗的牙齒，但那時，我卻覺得和噛人鯊的牙齒一樣。

她笑了片刻，道：「總部的長距離跟蹤雷達，可以跟蹤蘇聯和美國的人造衛星！衛斯理，即使你逃到北極海下，一樣會被我們的人攔截到的，但是我喜歡你落在我的手中，你知道嗎？」

我看到莎芭的美麗，和她的反常心理，恰好成正比，都到了極點。

只聽得她身邊的一個人道：「莎芭，總部命令，就地將他解決，又將魚囊炸沉的！」

我一聽得那人如此說法，心頭不禁狂跳起來！

但是莎芭卻斜着眼睛望着我，道：「你們先將魚囊毀去了再說，這個人，我要慢慢地處置他。」那人道：「這恐怕和命令有違！」

莎芭反手一個巴掌，打得那人後退了一步，道：「一切由我負責！」

那人撫着臉，一聲不出，退了回去，道：「是！是！」他和其餘兩人，一齊退到了岸邊，莎芭和四個自天而降的人，則仍然將我圍住。

我心中在急速地想着脫身之法。

雖然我身具過人之能，在中國武術上，有着相當高深的造詣，但是要在四柄機槍的指嚇下求生，倒也不是容易的事。

莎芭不住地望着我冷笑，我不去看她，只見那三人，駛着一艘小艇，離岸十來碼，停了下來，一個人躍下海去，不一會，那人又浮了上來，攀上了快艇，快艇又向外駛去。

不到兩分鐘，海面之上，冒起了一股水柱，那股水柱，又迅速消失。幾乎沒有聲音，那一具「魚囊」，便已經被消滅了。

同時，我看到一艘遊艇，正駛了過來。等那艘遊艇泊岸之後，莎芭才開口道：「上遊艇去！」

我知道莎芭正在實行她的諾言，她要對我折磨個夠，然後才執行總部的命令，將我殺死！我在向海邊走去之際，沉聲道：「我要和甘木先生通話。」

莎芭回頭，同我作美麗的一笑，道：「我不知道什麼甘木先生，你也不必再存什麼幻想了。」我知道這野心集團對我利用，已經完畢，而且，認為我是危險人物，下定決心，要將我除去了！

我的心中，不禁泛起了一股寒意。

如今，我的處境，看來雖然比在海底建築物時好更多，但實際上卻是更其危險！因為，當我在那海底建築物中的時候，野心集團要利用我，他們至多不令我離開，卻不會害我的性命。

然而如今的情形不同了，野心集團所在各地的爪牙，全是窮兇極惡的人，要暗殺一個人，而又不留下任何痕迹，那是家常便飯。

而且我相信，如果不是莎芭想要先折磨我一番的話，我現在，早已陳屍海灘了！

我殫智竭力地思索着，終於，在我和莎芭先後踏上跳板的時候，我冷冷地道：「小姐，你不必神氣，我相信你絕未有到過總部的榮譽。」莎芭狠狠地道：「我會有的。」

我「哈哈」一笑，道：「如果你知道你們的最高首腦和我曾經講過一些什麼的話，你就不會有那樣的自信了！」

這時候，我和她已一起跨上了遊艇的甲板，莎芭來到了我的面前，揚起手，就向我面上摑來，我一伸手，便握住了她的手腕。

但是，我才一握住她的手腕，腰際便有硬物，頂了上來，一個人道：「放手！」

手提機槍的槍彈，如果在那麼貼近的距離，射進我的身體，我可能不會再像是一個人了。所以我不得不放開了莎芭。

莎芭不敢再來摑我，後退了兩步。那個以槍管抵住我腰際的人又道：「莎芭，總部說得非常明白，這人是危險分子，絕不可留！」

莎芭道：「我也說得十分明白，在這裏，由我作主！」我看到了幾個大漢面上不以為然的神色。但是，莎芭立即發出了一個媚惑的微笑來，道：「你們不會反對的，是麼？」

那幾個大漢無可奈何地嘆了一口氣，並不出聲。莎芭的美麗，征服了他們，使他們大着膽子一起違反上峰的命令。

這對我是有利的，因為我至少有了可供利用的時間。莎芭得意地笑了起來，道：「先將他押到黑艙中去！」那幾個人答應了一聲，向我喝道：「走！」

我不知道所謂「黑艙」是什麼意思，但是在機槍的指嚇下，即使那是地獄的代名詞，我也只好去。我躬身走進了船艙。只見一個大漢，搶先一步，拉開了掛在艙壁上的一幅油畫，露出了一道暗門來。他用槍口，頂開了那道暗門，喝道：「進去！」

我慢吞吞地跨了進去，我才一跨進，「砰」地一聲，那扇暗門已經關上，眼前一片漆黑，閉上了眼睛片刻，再睜了開來。

從一道隙縫之上，有一點點光線，透了進來。那是一個十分潮濕，四英尺見方的一個「籠子」。我看到底下是木板，便立即在我的皮帶中，抽出了一柄四寸長短，極其鋒利的小刀來。

這柄小刀的柄，就是皮帶的扣子，而以皮帶為刀鞘，可以派極大的用處。

我以小刀，在底上挖着，但是只挖深了半寸，我便碰到了金屬。我又蹲在暗門之前，在那道隙縫之中，將小刀插了進去，攪了半晌，卻一無成就。

我只得放好了小刀，將身子縮成一團，緊緊地貼在那扇暗門的旁邊。平常人是不能將自己的身子，縮得如此之小的，但是我能夠，因為我在中國武術上，有着相當深湛的造詣。

我等着，等着機會。

約莫過了半小時，才聽得外面的艙中，響起了腳步聲，接着，便聽得一個人道：「莎芭，不要太任性了！」莎芭的笑聲，和着「霍」地一下，像是揮鞭之聲，一齊傳入我的耳中。

接着，便聽得她的命令，道：「叫他出來。」

我聽得油畫向旁移開的聲音，便將身子，縮得更緊，但是右手，卻微微向外伸着。暗門打了開來，有人喝道：「出來！」

我一聲不出，那人又喝道：「出來！」他一面喝，一面便伸進機槍來搗我，這正是我等待着的機會，我一伸手，抓住了機槍，就勢向前一撞，機槍柄撞在那人的肋骨上，我聽得了肋骨斷折的聲音，幾乎是同時，一陣驚心動魄的槍聲，響了起來，如雨的子彈從暗門中飛了進來。

但因為我將身子，縮得如此之緊，因此子彈在我身旁飛過。而我不等他們射出第二輪子彈，便已掉轉槍柄，扳動了槍機。

槍機的反挫力，令得我的身子，隨着「達達達」的槍聲，而震動起來，震耳欲聾的槍聲，約莫持續了一分鐘，子彈已經射完了。

我又呆了大約十秒鐘。

這十秒鐘，是決定我生死的十秒鐘！

因為如果還有人未死的話，他一定會向我作瘋狂的掃射的。但是，那十秒鐘，卻是十分寂靜。我探頭出去，只見艙中橫着七八具屍體。

莎芭的身子最遠，她穿着一套馴獸師的衣服，手中握着一根電鞭，看來是準備打我的。

我已沒有法子知道她死前的神情是怎樣的，因為她已沒有了頭顱，至少有十顆子彈，恰好擊中了她的頭部，令得她的屍體，使人一看便想作嘔。

我吸了一口氣，轉過頭來，出了艇艙，躍上了一艘快艇，發動了馬達，向那離島的正面駛去。莎芭想令我死前多受痛苦，結果，卻反而變成救了我。

我操縱着快艇，想起我損失了那具「魚囊」，我的話便少了證明，但是，國際警方，總不至於不相信我的話吧。我花了大半小時，已經又上了岸，又步行了五分鐘，我便截到了一輛街車。

當車停在我家門口的時候，已經是萬家燈火了！

我居然仍有機會，能夠活着看到我自己的家門口，這連我自己也感到奇怪。我取出了鑰匙，打開了大門，走了進去，竟發現沙發上睡了一個人。只看他的背影，我就知道是霍華德。

我並不奇怪霍華德如何會出現在我的家中，並且睡在沙發上。因為我的失蹤，霍華德心中的焦急程度，是可想而知的，他一定日日到我家來，等候我的歸來，倦極而睡，也是意料中的事情。

我心中略為感到奇怪的，是他睡在沙發上的那種姿勢，他將頭深埋在臂彎中，照那樣子睡法，該是沒有法子透氣的。

我帶着微笑，向前走去。然而，當我的手，放在霍華德的肩頭，想將霍華德推醒之際，我面上的微笑，卻凍結在我的面上了。

我看到了霍華德耳後的針孔，也看到了霍華德發青的面色。我大叫一聲：「霍華德！」然後，我扳動他的肩。

霍華德當然不會回答我了。

代替他的回答的，是他的身子，重重地摔在地上的聲音。

他早已死了，他是死於那種毒針的。

「老蔡！」我大聲地叫道：「老蔡！」並沒有人回答我，我向前衝去，然而，一個冷冷的聲音，止住了我，道：「站住！」我立即站住，並且轉過身來。在沙發後面，站起了一個人。那人戴着十分可怕、七彩繽紛的一張面具，令得人一看之後，便自為之一愣。而就在我一愣之際，我聽得「嗤」地一聲響，我連忙伏地打滾，抓起一張茶几，向他拋了過去，但是，我只聽得茶几落地的巨響，等我再一躍而起之際，那個人卻已經不在了。

我並沒有尋找，但是我卻可以肯定，在客廳中，有一枚或者一枚以上，射不中我的毒針。

我不知老蔡怎樣了。我獨自站在客廳中，對着由沙發上滾下來的屍體。在我的心中，卻起了一個極大的疑問。本來，我認為施放毒針的，一定是野心集團中的人，但如今看來，卻又未必是。

除了那個野心集團之外，一定另有人在暗中，進行着一切。

最明顯的是：我失去的那一大疊資料，並未落在野心集團的手中。

霍華德已經死了，我仍然要立即和國際警方聯絡，而且我發現我自己，是處在危險之極的境地中，如果不立即和國際警方聯絡，我可能永遠沒有機會了。

我叫了老蔡幾聲，得不到回答，我不再去找他，立即轉身，向門外走去，連衣服也不換，我準備到電報局去，以無線電話，和國際警方聯絡。

但是，我還沒有來到門口，便突然聽得一陣腳步聲，傳了過來。

為了小心，我立即停了下來。

因為如今，我是這世上唯一確知有這個野心集團存在，而且知道他們將要做些什麼的人。當然，如果我死了，國際警方仍會不斷地偵查，但是當國際警方發現真相的時候，可能一切都已遲了！

所以，我必須保持極度的小心，絲毫也不容大意！

我一停在門口，便聽得那腳步聲，已經停在我家門前了。

我猛地吃了一驚，慶欣自己的機警，我連忙身形閃動，躲到了一幅落地窗簾的後面，只聽得電鈴響着，一下，兩下，三下……

我當然不會去開門，而且，我也不想到門前望人鏡去張望來的是什麼人。因為我家的大門上並沒有裝着避彈鋼板，只要來人有着竊聽器，聽出我的腳步聲，隔着門給我一槍的話，我是絕對無法防避的。

我只是在等着，等那人見無人應門，自動離去。

電鈴仍是持續不斷地響着，在這空蕩而躺着國際警察部隊要員的屍體的客廳中聽來，格外有驚心動魄的感覺。在最後一次，連續不斷地響了一分鐘之後，電鈴聲便靜了下來。

我心中鬆了一口氣，以為來人一定會離去的。

但是，我卻聽不到來人離去的腳步聲，非但聽不到腳步聲，而且，我還聽到了另一種奇怪的聲音。辨別各種古怪的聲音是因何而生，也是一種特殊的本領，而當時，我一聽得那「克勒」的一聲，我便不禁毛髮直豎起來，因為我一聽便聽到，那正似是有一柄鑰匙插入鎖孔所發出來的聲音！

當然，剛才按電鈴的，和如今以鑰匙插入鎖孔中的，是同一個人。

而此人明明有鑰匙，卻又在拚命按鈴，當然他的用意，是先試探一下屋中是否有人，由此可知，這人的來意，一定不善了！我不知我自己住所的大門鑰匙，怎麼會給人弄去的，但想來也不是什麼玄妙的事，因為老蔡已不在屋內，而老蔡的身上，正是有着大門鑰匙的！

我一面心頭大是緊張，一面心中，暗暗為老蔡的命運而悲哀。

我在窗簾縫中張望出去，只見鎖在緩緩地轉動着，然後，「拍」地一聲，門被打開了！

我緊緊地屏住了氣息，進來的什麼人，在五秒鐘之內，便可揭曉了。門被緩緩地推了開來，我的心情，也格外地緊張。

但是，門卻是被推開了半寸！

我無法在那半寸的門縫中看清外面的是什麼人。但是在外面的那人，卻已足可以在那半寸的門縫之中，看清大廳中的一切了。

我心中暗忖，如果來的是我的敵人的話，那麼這個敵人的心地，一定十分精細，也十分難以應付，我仍是屏氣靜息地等着。

如果那人一看到大廳中的情形，便感到滿足，關門而去的話，那我便沒有可能知道他是什麼人了。但是也有可能，他看到屋內無人，會走進來的。

我等着，門外的那人顯然也在考慮着是不是應該進來，因為他既不關門，也不再將門打得更大。

這是一場耐心的比賽，我心中暗忖。

我看看手表，足足過了四分鐘。四分鐘的時間，放在這樣的情形下，實在是太長了。我幾乎不耐煩，要衝出去看看門外的是什麼人！

但是就在此際，大門卻終於被推開，一個人輕輕地向內走來。

我和那人正面相對，我自然可以極其清楚地看清那人的面孔。

我不用看多第二眼，只要一眼，我便知道那是誰了，而在那一剎間，我整個人，像是在冰箱中凍了十來個小時一樣，全身發涼，一動也不能動！

我可以設想進來的是三頭六臂，眼若銅鈴，口如血盆的怪物，但是我卻絕想不到，用這種方法，在這樣的情形下，侵入我屋中的會是這個人！

在那瞬間，我幾乎連腦細胞也停止了活動，而當我腦子再能開始思索時，她已經來到了離我更近的地方，也就是霍華德屍體之旁。

來的人，是一個身材頎長窈窕的女子，年輕、美貌，面上的神氣，永遠是那麼地驕傲，以顯示她高貴的身分。那不是別人，正是張小娟。

她站在霍華德的屍體之旁，面上現出了十分奇訝的神情來。

我可以看到，她右手還握着鑰匙，從鑰匙的新舊程度來看，可以看得出那是新配的。她穿着一件連衫裙，是藍色的。

我屏住了氣息，張小娟顯然不以為大廳之中，還有別的人在。她蹲了下來，以手指在霍華德的手背，大拇指和食指間的肌肉上，按了兩下。

她的這種舉動，頓時使我極其懷疑。

因為這正是檢查一具屍體的肌肉，是否已經僵硬，也就是死亡已經多久的最簡便的方法。

這個方法，出於一個熟練的警探之手，自然不足為奇，但卻絕不是億萬富翁之女，學音樂的人所應該懂得的！

然而張小娟卻用這種方法，在試着霍華德死去了多少時候。那時，我心中的第一個問題便是：她究竟是哪一種人呢？

事實上是難怪我心中有此一問的，因為她的行動，她此際的一切，和她的身分，都太不相稱了！

我自然要盡我的能力尋找答案的。但是在這個時候，我卻先不想追究，我要盡快地設法到電報局去，和國際警察部隊的高級首長納爾遜先生聯絡。

當然，最簡捷的方法，是衝出大門口去。

但是這一來，張小娟便知道我已偵知她的反常行動了，這對於我想要進一步了解她，是十分不利的。我慢慢地轉過身來，看看身後的窗子是不是開着，我可以跳出去，但是每一扇窗子都關着，如果我打開窗子的話，那麼不可避免地要被張小娟聽到聲響的。

正當我心中，在想着怎樣才能不為張小娟所知，而又立即離開之際，忽然聽得張小娟提高了聲音，叫道：「衛斯理！」

我嚇了一跳，在剎那間，我當真以為藏身之處，已經給她發覺了！

我幾乎立即應出聲來，但當我轉回頭去之際，我才知道不是那麼一回事，只見張小娟並不是望向我，而是抬頭望着樓上，同時，她的手中，也已多了一柄十分精巧的手槍！

那柄手槍，更證明了她是一個雙重身分的人！

因為，我雖然曾和她意見不合，拌過嘴，但是無論如何，她絕沒有和我以槍相見的必要，我知道她此來，一定有着極其重大的目的。

只聽得她繼續叫道：「衛斯理，你可在樓上，為什麼你不下來？我來了，你知不知道？」

我直到此時，才知道張小娟剛才叫我，是想試探我是不是在樓上。

我仍然不出聲，因為我知道她下一步的動作，一定是上樓去。我心中是多麼地想知道她上樓之後，幹一些什麼事啊！

但在同時，我心中卻決定，她一上樓，我便立即向門外掠去，而將偵查張小娟離奇的行動一事，放慢一步。

果然不出我所料，張小娟叫了兩遍，聽不到有人回答，便向上走去，但是，她才走了兩級樓梯，要命的電話聲，卻像鬼叫似地響了起來。

張小娟立即轉過身，三步併作二步，來到了電話機旁，拿起了聽筒。因為電話機就在窗簾的旁邊，所以在那時，她離我極近，我一伸手就可以碰到她的，我們之間，只隔着一層窗簾布而已！

我只聽得她「喂」地一聲之後，便問道：「找誰？找霍華德先生麼？他不在這兒，已經離開了……我想是兩小時之前離開的……大約不會再回來了……好的……我是衛斯理的朋友。」

她講到此處，我聽得「卡」地一聲，對方已經收了線。張小娟十分幽默，她說霍華德是在兩小時以前「離開」的，而且，「不會再回來了」。我同時想到奇怪的是，她對霍華德死亡的時間，判斷得十分正確，霍華德死亡到現在，據我的判斷，也正在兩小時左右。

張小娟放好了聽筒，又繼續向樓上走去。

這個電話是什麼人打來的，我不知道，可能是霍華德的同行，也可能正是謀害霍華德的人，我那時也根本沒有時間和心緒去多作考慮，我只是向上望着，一等張小娟的身形，在樓梯轉角處隱沒，我便立即閃出了窗簾，以最輕最快的腳步，向門外掠去。

到了門外，我背門而立，先打量四周圍可有值得令我注意的事發生。街上仍是和往常一樣，一點也沒有什麼特殊的情形，我快步地來到了大街上，招來了一輛街車，吩咐司機駛向電報局。

到了電報局，三步併作兩步地跑上樓，捨電梯而不搭，我看了看手表，在離開我的住所以後二十四分鐘，我便已坐在無線電話的個人通話室中了。這種個人通話室的四壁，全有極佳的隔音設備，可以大聲講話，而不被人聽到。

（一九八六年加按：當時，國際直撥電話，是連幻想小說中都不常見的。）

等到我接通我在國際警方總部的朋友納爾遜先生的電話號碼之際，又花了七八分鐘，然後，我在電話中，聽到了納爾遜先生低沉而堅定的聲音。

我連忙道：「我是衛斯理，電話是從遠東打來的，你派來的霍華德，已經死了。」

納爾遜先生的聲音，一點也不驚訝，他只是問道：「幾天的失蹤，使你得到了什麼？」

他雖然遠在國際警察部隊的總部，但是卻知道了我失蹤一事，那當然是霍華德報告上去的，我連忙道：「我有極其重要的發現，是世界上任何想像力豐富的人，所不能設想的事，我到過——」

我只當納爾遜先生一定會急於要聽取我的報告的。但是，出乎我的意料，我話未曾講完，納爾遜先生深沉堅定的聲音，又將我的話頭打斷。

他道：「不要在電話中對我說，我們早就發現，凡是通向國際警方的無線電話，皆被一種具有超特性能的無線電波接收器所偷聽，而我們用盡方法，竟沒有法子預防，如果你的發現是機密的話，不要在電話中說。」

我發覺自己握住聽筒的手，手心上已經有濕膩膩的汗水滲出。

我可以肯定，使得國際警方無法預防的偷聽，也是野心集團的傑作！

我忙道：「納爾遜先生，你必須聽我說，我是這世上知道真情的唯一人，而且，霍華德死了，我的生命，也如風中殘燭一樣——」

納爾遜先生肯定地道：「不行，絕不能在電話中說，我就近派人來和你聯絡，你要盡量設法保護你自己，使你自己能夠活着見到我派來和你聯絡的人！」

我急得額上也滲出了汗珠，幾乎是在叫嚷，大聲道：「不行！不行！時間已不允許這樣做了，我必須立即向你們說明事實真相，你也必須立即會同各國首腦，來進行預防，這是人類的大禍！」

納爾遜仍然道：「不能在電話中作報告，你如今是在什麼地方？」

我頹然講出了我的所在。納爾遜道：「好，你在原地，等候十分鐘，十分鐘後你走出電報局的大門，就會有一個穿花格呢上裝，身材高大的英國人，叫作白勒克的，來和你聯絡，你將你的所知，全部告訴他，他就會用最快，最安全的方法，轉告我的。」

我嘆了一口氣，道：「也好。」

納爾遜先生已將電話掛斷了，我抓着聽筒，好一會，才將聽筒放回去。

納爾遜先生的小心，是不是太過分了一些呢？我心中感到十分的疑惑，事情是如此緊急，何以他不聽我的直接報告呢？

如果說，我和納爾遜的通話，在海底的那個野心集團，都可以聽得到的話，那麼，他們豈不是知道我還活着，正準備大力揭穿他們的陰謀麼？如果他們的行動，夠得上敏捷的話，那麼他們應該在白勒克未和我見面之前，便將我殺害了！

我仍然躲在個人通話室中，並不出去。

第十六部

荒郊異事

目前，這裏似乎比較安全，當然，這因為是個人通話室，故面積十分小而起的一種安全感。實際上，隔音板可以給我什麼保護呢？九分鐘後，我走出了個人通話室，付清了通話費。

那已經是十四分鐘了。

我故意遲延四分鐘，是因為我不想先白勒克而出現，我低着頭，走出電報局的大門，同時，以迅速的手法，在面上戴起了一個尼龍纖維製造的面具，這個面具，使我在進入電報局和出電報局之際，便成兩個不同的人。

出了門口，我迅速地步下石階，天色很黑，起先，我幾乎看不到門口的馬路上有什麼人。我放慢了腳步，四面留心看去。

我已經慢了四分鐘，納爾遜先生派來和我聯絡的白勒克，不應該比我更遲的。

我只是慢慢地向前走出了四五步，就看到一個穿着花格呢上裝，身形高大的金髮男子，但是那男子卻不是站着，而是一隻手臂靠在電燈柱上，而又將頭，枕在手臂之上。

看他的情形，像是一個酩酊大醉的醉漢一樣。

那人自然是白勒克了！

我一看四面並沒有別人，便連忙快步，向他走了過去，來到了他的身邊，道：「白勒克先生麼？我遲出來了幾分鐘。」

那人慢慢地轉過頭來，我和他打了一個照面。

我一看清他的面孔之後，我的心臟，幾乎停止了跳動！在街燈下面看人，人的面色，本來就會失去原來的色澤的。

但是卻也無論如何，不應該恐怖到這種程度。

那人的面上，已全然沒有了血色，在街燈的燈光照映下，他整張臉，就如同是一張慘綠色的紙一樣。

我立即覺出了不對，他已經嘴唇掀動，發出了極低的聲音道：「我是白勒克，我……遇害了……你不能再和納爾遜先生通電話，你快……到……福豪路……一號去……快……可以發現……」

他只講到「可以發現」，面上便起了一陣異樣的抽搐，那種抽搐，令得他的眼珠，幾乎也凸了出來，緊接着，還來不及等我去扶他，他身子一軟，便已向下倒去，我連忙俯身去看他，他面上的肌肉，已經僵硬了。

而他死的這種情形，我已見過不止一次了。和以往我所見的一樣，白勒克是死於毒針的！

我連忙站起身來，海傍的風很大，在這種情形下，更使我覺到了極度的寒意。

我不再去理會白勒克的屍體，事實上，我也沒有法子去理會。

我當時只感到自己是一個靶子，敵人的毒針，隨時隨地可能向我射來的。

我更相信，因為我遲了四分鐘出來，所以我如今能站在寒風之中，思索着怎樣才能安全，而未曾像白勒克那樣，屍橫就地。

我轉過身，開始向橫巷中穿了出去，路上的行人很少，我聽得到自己的腳步聲。穿出了橫巷，我迅速地趕上了一輛公共汽車。

車內的人也很少，我找了一個靠窗的座位，坐了下來，開始靜靜地思索。

許多不可思議的事，許多謀殺，在我身入海底，野心集團總部之際，一切不可思議的事，看來好像應該有一個總結了。

然而，當我僥倖地能夠逃出生天之後，不可思議的事和謀殺，仍然是接連而來！

我感到了極度的孤單，因為沒有人可以幫助我，而我也找不到可以幫助我的人。驀地，我想起了白勒克臨死時的話來。

他叫我切不可再和納爾遜先生通話，而要我立刻到「福豪路一號」去，又說我如果到了那裏，我就可以有所發現，但是我可以發現什麼，他卻又未曾講出來。

「福豪路」，「福豪路」，隨着巴士的顛簸，我不斷地想着這條路，這條路給我的印象十分陌生，但是卻在我的腦中，又有一定的印象，我像是在什麼地方，看到過有寫着福豪路三個字的路牌一樣！

巴士快到總站，搭客也愈來愈少，驀地，我跳了起來！我想起我在什麼地方，見過「福豪路」這三個字了，那是在我遇到張海龍的第一晚，張海龍用他那輛豪華的「勞斯萊斯」汽車，將我載到他郊外的別墅去的那個晚上。當車子在通向別墅的那條私家路口，停着等開大鐵門開的時候，我看到過「福豪路」三個字，而這條路，只通向張海龍的別墅。

那麼，白勒克臨死之前，所說的「福豪路一號」，難道就是指張海龍的別墅而言的麼？如果是的話，那麼我到張海龍郊外的別墅去，又可以發現什麼呢？

我知道，憑想像的話，我是不可能得到答案的，我必須親自去！

但是首先，我卻要證明，張海龍的別墅，是不是「福豪路一號」！

我在終點之前的一個站下了車，確定了身後並沒有人跟蹤之後，我在一個公共電話亭中，打了一個電話給張海龍。

但是，那面的回答卻是，張海龍到郊外的別墅去了！我呆了一呆，又找張小娟聽電話，但是那面告訴我，「小姐傍晚出去，一直到現在還未曾回來。」

我的心中，不禁一動，因為張小娟在我住所出現的時候正是傍晚時分，難道她在我的住所，一直逗留到現在，抑或是她已在我的住所，或是在離開我的住所之際，遭到了不測。

對方早已收線，我則還呆想了幾分鐘。

我只得相信對方的記憶了，那麼，如今我可以做的，而且應該立即做的事，便是到「福豪路一號」去！

我出了電話亭，沿着馬路走着，一面不斷地看着停在馬路邊上的各種汽車。要到郊外去，當然不能沒有車子，而我又不準備回家去取車子，所以只好用不正當的法子取得交通工具了。

不到三分鐘，我便看中了一輛具有跑車性能的轎車，我對這種車具有特別的好感（那輛車的車主，在失車之後，曾大怒報警，但是後來，他知道我是因為喜歡他選中車子牌子而「偷」車之後，我們又成了十分要好的朋友）。

我一掌擊在車窗玻璃上，並沒有發出多大的聲音，窗子便破碎了。

我伸手進去，打開了車門，用百合匙打開電門，大模大樣地駕着我偷來的車，向郊外馳去。

寒夜的郊外，更是顯得十分冷清，我將車子駛得飛快，四個輪胎發出「吱吱」聲，在路面上滑過，從破窗中，寒風如利刃一般地切割着我的面，我只是想快一點趕到，快一點趕到！

大約四十分鐘，我已漸漸接近了張海龍的別墅。

我在轉上斜路的彎角上，棄車而下，將身子隱在路旁的草叢之中，向斜路上掠去，沒有多久，我便到了那扇鐵門的前面。

我仰頭向大鐵門旁邊的石柱上看去，果然，在一塊十分殘舊的路牌上，寫着「福豪路」三個紅字。

我吸了一口氣，連爬帶躍，翻過了鐵門，向前無聲地奔去。沒有多久，在黑暗之中，我已經可以看到張海龍的別墅了。

同時，我也可以看到，別墅之中，有燈光透出。

我心中在暗自詢問，到了別墅之後，我可能發現什麼呢？張海龍正在別墅中，難道一切的事情，正是因他而起的？難道國際警方對張海龍的懷疑，並不是全然沒有根據的？

我腳步愈來愈快，不一會，已離得別墅很近了。

直到這時，我才發覺，那天晚上，和我第一次來到，以及在別墅中獨宿的那一晚一樣，霧很濃。我愈是接近別墅，心情愈是緊張。

我在這時，突然之間，眼前陡地一亮！

在我的眼神經一覺出眼前有亮光之際，我腦中的第一個反應便是：我被人發現了，有人在以電筒照射我！所以，我立即向地上一滾。

但是我剛一滾到地上，便發覺我的判斷不對。

因為當我抬起頭來之際，我看到了那光亮的來源。

光亮來自張海龍別墅的後院，停留在半空，光爍奪目，像是一大團在燃燒着的火焰，但是卻又靜止不動，令人產生一種十分特異的感覺。

「妖火」！

那是我第二次看到這種奇異的現象了。

我連忙站了起來。然而，就在那不到一秒鐘的時間內，眼前重現一片黑暗！像我第一次看到「妖火」的時候一樣，不等你去探索它的來源，它便已經消失了。

或許形成「妖火」的原因十分簡單，但是在那樣的情形下，卻是神秘之極！

我呆了一呆，繼續向別墅走去，我用更輕的腳步和更小心的行動接近別墅，因為白勒克曾説我可以在這裏發現東西的，而我又再一次地見到了「妖火」，張海龍又在別墅中。

我決定偷偷地接近別墅，以利於我的「發現」。我以最輕的步法，向前走去，在我攀過了圍牆之際，我更清楚地看到，別墅中的燈光，是從樓下的客廳射出來的。

除了遠遠傳來一兩下犬吠聲之外，四周圍靜到了極點，我唯恐身形被人發現，幾乎是滾向牆腳邊上的。在牆腳邊上，我又停了片刻，等並無動靜時，我才慢慢地直起身子來。

我向着一扇落地長窗走出了一步，從玻璃中向大廳內望去。

一支落地燈，使得整個大廳，籠罩在十分柔和的光線之中，我立即看到，有一個人，以手支額，肘部則靠在沙發的靠手上，背我而坐。

雖然我只看得清那人的背影，但是我卻只看一眼，便可以肯定那人是張海龍。

別墅中只有張海龍一人在，那倒是我始料未及的事情，只有張海龍一個人，我能夠發現什麼呢？白勒克臨死之際，掙扎着向我說出的話，又具有什麼意義呢？這實是令我費解之極了。

雖然我本來也不知道，我到了別墅之後會有什麼發現，但是在我想像之中，總應該有些事情發生，而絕不應該如現在那樣地冷清清。

我在窗外，站了大約五分鐘，我的視線，也一直未曾離開過張海龍。

張海龍一直以那個姿勢坐着，連動也沒有動過。

一開始，我只是奇怪，張海龍何以竟能坐得那麼定，在他的心中，在想些什麼？當我將他兒子的事和他講明了之後，他不知道會受到什麼樣的打擊。

可是，五分鐘之後，張海龍仍是未曾動過，我的心中，不禁生出了一股寒意。難道我來遲了一步，張海龍……他……他也遭了毒手，死在毒針之下了？

我一想及此，手已揚起，待要一掌擊破玻璃，破窗而入了！

恰好就在我幾乎貿然行動之際，張海龍的身子動了一動，他放下了手，在沙發的靠手上，重重地一擊，站了起來。我連忙身子一閃，不使他發現，然而我卻仍然可以觀察他的行動。

只見他站了起來之後，背負雙手，在踱來踱去，我心中暗忖剛才還好不曾魯莽行事，進一步的忍耐，往往是成功的秘訣。

我繼續在窗外窺伺着。

張海龍足足踱了半個小時，仍然不停，所不同的只是他間或背負雙手，間或揮手作出各種莫名其妙的手勢而已。我決定不再窺伺下去了。那並不是因為張海龍踱得太久了，而是我看出張海龍在別墅中，一點作用也沒有，他只不過是想一個人獨處而已！

在這樣的情形下，我就算等到天明，也不見得有什麼發現的。

我退開了幾步，來到了大門前，按動了電鈴。

不一會，我便聽到腳步聲走了過來，大門打了開來，開門的正是張海龍。

在他開門之際，面上的神情還是那樣地茫然和沮喪。可是當他一看清是我的時候，他面上的神情，是那樣地喜悅，像是一個正在大洋中漂流的人，忽然遇到有救生艇駛來一樣。

張海龍的這種神情，使我又一次肯定霍華德和國際警方，始終只是多疑，張海龍是絕對不可能和我站在敵對地位的。

因為，他如果和我站在敵對的地位，卻又能作出這樣神情的話，那麼，他不僅是一個成功的銀行家，而且也將是一個曠世的表演家了！

他望着我，面上的肌肉因喜悅而微微地顫動着，好一會，才道：「是你！」

我跨了進去，道：「是我。」

在我走進去之前，我仍然回頭向身後望了一眼。

別墅之外，黑漆漆地，什麼人也沒有。我走進了客廳，連忙將門關上，不等張海龍向我發問，我便先向他問道：「剛才，你可曾發現什麼？」

張海龍呆了一呆，反問道：「你是指什麼而言？」

我是想問他，剛才有沒有發現那「妖火」的，但是看張海龍的神情，卻像是完全不知道一樣，所以我也暫時不說出來，只是道：「你有沒有發現什麼異樣的光亮？」

張海龍道：「沒有，剛才我完全在沉思之中，什麼也沒有發現。」

我點了點頭，坐了下來。張海龍就在我的對面坐下，道，「衛先生，聽說你失蹤了！」

我道：「不錯，我曾被綁架——張先生，這裏是不是福豪路一號？」

張海龍失聲道：「綁架——」

可是他只說了兩個字，便又驚奇道：「是啊，你怎麼知道的？事實上，根本沒有『福豪路』這條路，那只不過是我一時興起所取的一個名字，除了我們的家人之外，是沒有人知道的。」

我道：「可是，在大鐵門口，卻有一個路牌！」

張海龍道：「是的，我奇怪的是，你怎麼知道這裏是一號。」

我仍然決定不將白勒克的話向張海龍說，只是聳了聳肩，道：「沒有什麼，我只不過是隨便猜想罷了！」

我竭力使我自己的語音，聽來若無其事。但是卻顯然不十分成功，因為張海龍的眼光之中，仍是充滿了狐疑的神色。

我們沉默了一會，張海龍才道：「綁你的是一些什麼人？」

我深深地吸了，一口氣，伸手放在張海龍的手背之上。張海龍數十年在商場打滾，使他具有極其敏鋭的直覺，我才一按住了他的手背，他的面色便已變了，道：「你説吧，我可以忍受任何不幸的消息的。」

張海龍當真是一個十分勇敢的老人。

我謹慎地選擇着字眼，道：「綁架我的，就是使得令郎失蹤的那些人。」我覺出張海龍的手微微發起抖來，但是他的眼神卻十分堅定，道：「告訴我，小龍可是已不在人世了！」

我連忙道：「不，他活着，很好。那是一個有着征服世界的野心的魔鬼集團，令郎發明了一種離析動物內分泌的方法，運用這個新法，可以使任何動物改變習性，那就使得人變成容易控制的動物，有助於野心集團的野心計劃。」

我一口氣講到這裏，才鬆開了按住張海龍手背的手，道：「這便是魔鬼集團為什麼要使令郎失蹤的原因，他們要威脅他為之服務！」

張海龍的面色，看來十分蒼白。

但是，在張海龍的面上，卻現出了一個十分驕傲的微笑來，道：「我知道，他不會服從的。」

我望着張海龍驕傲而自信的笑容，心中在考慮着是不是應該將事實的真相說出來。

我和張海龍的相遇，純粹是出於偶然，而當我受張海龍之託，設法找尋他失蹤的兒子之際，我也絕未想到，一件普通的失蹤案，竟會牽連得如此之廣，變成這樣大的一件大事。

如今，張小龍的失蹤這件事的本身，根本是無關緊要的了，要緊的是怎樣制止野心集團的陰謀，但是我卻偏偏無法和國際警方聯絡，無法將我的發現，通過國際警方，而傳達給各國首腦！

我來到這裏，並不是為了會晤張海龍，而是為了白勒克的那一句話。

我並沒有回答張海龍的話，而自顧自地沉思起來。我的態度，又顯然地引起了張海龍的懷疑，他望着我，道：「怎麼？我的估計有錯麼？」

在那一剎間，我決定了怎樣回答他了。我站了起來，伸了一個懶腰，道：「沒有錯，令郎拒絕和野心集團合作，野心集團暫時不敢開罪他。你放心，我一和國際警察部隊聯絡之後，立即會將他救出來的。」

張海龍笑了起來，這一次的笑容，顯得十分疲乏，那是在極其緊張的期待之後，精神為之一鬆的一種笑容，他道：「我只要知道他絕不屈服，絕不為他人所利用，這已是我最大的安慰了。」

我望着張海龍，心中不知是什麼滋味，我避不與他的目光相接觸，唯恐給他看出我是在向他說謊。這別墅中顯然平靜無事，白勒克的話未曾兑現，我再在這裏多耽擱也毫無意義了。

所以，我立即道：「我要走了，我還要設法和國際警方去聯絡。」

張海龍道：「好，我也要休息一下了。」我道：「你一人，在這裏？」

張海龍道：「我不怕。」

我道：「你還是小心一些的好。」

張海龍道：「今天我不想回市區去，除了在這裏過夜之外，還有別的辦法麼？」如果我不是那麼急於和國際警方聯絡，我一定會在這裏，陪伴張海龍的。但是如今我卻不能。

而張海龍又是那樣地固執，我絕不相信自己可以勸得動他。

所以，我只得道：「那麼，我們再見了，再有進一步的好消息之際，我會來通知你的。」張海龍用力地握着我的手，連聲道：「好！好！」

我出了大門，走下了石階，張海龍站在門口送我，我出了圍牆，由於地勢的關係，當我轉過頭來之際，我可以看到整間別墅。

客廳中的燈光仍然亮着，除了客廳中有光芒射出來，整座別墅，都浸在黑暗的濃霧之中，像是一頭碩大無比的怪獸。

在那瞬間，我突然又想起剛才所看到的「妖火」來，在那同時，我的耳際，似乎又聽到了白勒克臨死前的那一句話。

納爾遜在無線電話中，吩咐我和白勒克聯絡，白勒克當然是國際警察部隊十分得力的幹部了。他會不會死前胡言，一致於此呢？

如果他的話，絕不是死前的胡言，而是確有所指的話，那麼，我又何以一無發現呢？

種種疑團，在我心中升起。

我站在那小山崗上，望着濃霧中的那幢別墅，像是對着一整團謎一樣。我想了大約兩分鐘，便決定不知會張海龍，再到那別墅的其他部分，譬如說那實驗室去搜索一番。

或許，白勒克所指的發現，就是說我在這裏可以發現「妖火」的秘密！我曾兩次見到「妖火」，可以說絕不是我的幻覺，這種奇異的現象是因何而生的呢？它又代表着什麼呢？那是我必須弄清楚的！

我身子伏了下來，又準備向前竄出。

但是，就在那時候，我突然聽得身後，傳來了悉索聲響。

我連忙轉過身來。

我是受過高度的中國武術訓練的人，動作之快，自然也遠在普通人之上，我一轉過身，便看到圍牆之旁的草叢中，有兩條人影，疾掠而起，向圍牆的一個缺口處，疾掠了出去。

那兩條人影，十分矮小，看來像是小孩一樣。

我幾乎沒有任何停頓，反身一躍，便躍向後去，一個箭步，向前疾追而出。出了圍牆之後，雖然霧十分濃，但是我還可以看到那兩條人影，在我的面前飛馳，我用盡了生平之能，向前追去。

但是不到三分鐘內，我卻已經失去了他們的蹤迹。

我呆了一呆，卻又聽得不遠處，傳來了一陣低沉的豹吼聲。

在那樣的濃霧，黑夜之中，聽到那種原始的，異樣的吼聲，實是令人毛髮悚然。我在呆了一呆之後，立即想起我剛才追逐的那兩個是什麼人了！

那正是張小龍從南美洲帶回來的特瓦族人！

我循着豹吼聲向前走去，不一會，便看到了一點光亮，我漸漸地接近火光，當我在那一堆火之旁，突然現身之際，我看到了兩張驚駭莫名的怪臉，不出我所料，正是那兩個特瓦族人，他們望了我一眼，立即在地上膜拜了起來，叫道：「特武華！特武華！」

我記得，張小娟曾經告訴過我，所謂「特武華」也者，乃是他們所崇拜的一種大力神。

我心中暗忖，如果他們知道我這個「大力神」的處境的話，他們大概也要仰天大笑了。

忽然之間，我又想到，文明的進步，實在並沒有給人類帶來了什麼好處。譬如說，在南美洲，特瓦族人在地圖的空白點，在原始森林中過日子，生老病死，聽天由命，有什麼煩惱憂慮？

而如今，高度的文明，又為人類帶來了什麼？高度的文明只是使人的野心擴張，以後到了出現匿藏海底的那個野心集團那樣極峰的狀態。

我忽然想到，我是根本不必去挽救全人類的命運的（而且，事實上我根本就沒有這個力量），人類拚命追求文明，卻又不遏制野心，那麼，一切悲慘的後果，實在是人類自己所造成的。

我想起了白素，想起了她到歐洲去，大約也該回來了，野心集團的陰謀既然不可遏止，我和白素又何妨到特瓦族土人的故鄉去，也作一個土人？

我想得實在太遠了，以致那兩個特瓦族人，已經站在我的面前，我仍然不知道。

直到其中一個，膽怯地碰了一下我的手，我才抬起頭來，道：「你們是幸福的，你們的族人是幸福的！」

那兩個特瓦族人莫名其妙地望着我，他們當然聽不懂我在講些什麼的。

那個剛才曾經碰過我的特瓦族人，這時又碰了碰我的手，同時，另一個特瓦族人，則向前面黑暗處，指了一指，又作了一個手勢。

那兩個特瓦族人，顯然有着同一個意圖，那便是要帶我到一處地方去。

我不知道他們要帶我到何處去，更決不定是否應該在他們的身上浪費時間。我猶豫了一陣，那兩個特瓦族土人，喉間卻發出了一陣十分焦急的聲音來。

看他們的神情，像是有什麼事要我代他們解決一樣，我點了點頭，他們跑躍着，向前走去，我便跟在他們的後面。

我們所走的，全是十分荒僻的地方，山路崎嶇，大約走了十來分鐘，那兩個特瓦族人便停了下來，並且伏在地上，又向地上拍了拍，示意我也伏下來。

我向前看去，夜深，霧濃，我看出那是十分荒涼的山地，我完全不知道將會有什麼事發生，因為看來這裏什麼都不會發生。

但是，當我看到了那兩個特瓦族人焦急而迫切的目光之際，我還是伏了下來，我足足伏了半個小時之久，雖然我一再告訴自己，特瓦土人的舉動如此奇異，一定是有原因的，應該再等下去。

但是，在半個小時之中，只是聽露水凝結在樹葉上，又向下滴來的「滴滴」聲，耐心再好的人，也會難以再忍耐下去的。

我舒了一口氣，準備站了起來。

然而，那兩個特瓦族人，卻不等我站起，便不約而同地伸手向我背上按來。

當然，以他們兩個人的力道，是絕對按不住我的。但是那卻可以證明他們兩人，要我繼續在地上伏着。我心中暗歎了一口氣，又伏了下來。

看那兩個特瓦族人全神貫注望着前面的神氣，我知道前面一定會有什麼特異的事發生，因此我也全神貫注地向前望去。

在我望向前之際，那兩個土人面上現出了欣喜之色，同時，一齊望着一株生在山腳下，一塊大石旁的榕樹。那榕樹，鬚根垂掛，十分繁茂，離我們不遠。

我不知道那是什麼意思，只有將目光停在那株大榕樹之上。

又過了沒有多久，我突然看到，那株大榕樹，竟在緩緩向旁移動！

在我剛一看到那種情形之間，我根本不相信那會是事實，而只當那是我對其一件物事，注視得太久了而生來的幻覺。

可是，接下來所發生的事，卻證明了那絕不是幻覺，而是事實。

那株大榕樹的確是在移動！

它先是向上升起，連同樹向上升起的，附着在樹根部位的，是一大團泥塊，泥旁有鋼片圍着。

連樹帶泥，重量少說也有幾千斤，我不明白是什麼力量，可以使得樹向上伸起的。當樹升高了之後，我看到了一根油晃晃的，粗可徑尺的鋼管。我知道了。那是一種油壓式的起重機，將樹頂了起來。

而這裏，毫無疑問，是什麼地方的一個秘密入口處了。我向特瓦族土人望去，只見他們正以驚駭莫名的神色，望着那棵樹。

當然，對他們來說，一棵能活動的樹，是不可思議的怪事。

我相信他們一定不止一次地見到過這棵樹的升降，所以才在發現了我之後，便一定要拉我到這裏來看這個「奇景」。

榕樹升高了兩公尺，便停了下來。

地上出現了一個老大的圓洞，我又看到了一張鋁質椅子，自動升起，椅上坐着一個人，雖在濃黑之中，但是我仍然一眼便可以看出，那個人不是別人，正是漢克，是野心集團中的一分子！

那鋁質的椅子，一出地面，便停了下來，漢克一欠身，走了下來。

他才走了一步，我手在地上一按，便已經向他疾撲了過去。

漢克是一個極其機警的人，但是他還不夠機警得能在我撲到他身後之前，起而自衛。

我一撲到他的身後，伸手在他的後腦鑿了一下，他便像一個撒嬌的少女，倒向愛人的懷中一樣，向我的身上，倒了下來，我扶住了他的身子，一伸手，在他的衣袋中，摸到了一柄手槍，然後，我一鬆手，任由他的身子，跌倒在地。當我回頭看時，只見那把鋁質椅子，正在緩緩向下降去。

我不假思索，事實上，也不容許我多思索，我一縮身，身子跳躍了起來，已經坐在那柄鋁質的椅子之上。椅子向下沉去，我只聽得下面有人聲傳了過來，道：「漢克，怎麼又回來？」

我只是含糊地應了一聲。我抬頭向上看，只見椅子沉下，那株榕樹，便也向下落了下來，可是我眼前，卻並不黑暗，而是一片光亮。

因為在我的四周圍，都有着燈光，我是在一個大圓筒形的物事中下降着，我扣住了機槍，緊張地等候着我現身之際的那一剎的搏鬥。

椅子仍向下沉着，我聽得椅子油壓管縮短的「吱吱」聲。終於，椅子停了下來，我立即一躍而起，喝道：「誰都別動！」

驚愕失措，面無人色，慌忙舉起手來的，只有一個人。

那人莫名其妙地望着我，道：「你，你是什麼人？」我喝道：「你轉過身去！」那人聞言，轉過了身子。我這才仔細打量自己所處的地方。那是一間地下室，除了幾個扳掣之外，幾乎沒有什麼陳設，但是卻另有一條甬道，通向遠處。

我沉聲道：「這是什麼地方！」

那人道：「你是得不到任何好處的。」

我冷笑了一聲，以槍管在那人的腰腿之上，頂了兩頂，並且給他聽到我扳開保險掣的「克勒」聲。那人連忙道：「這是一個秘密所在！」

我道：「可是海底總部的分支？」

那人點了點頭，道：「是，總部召集所有的人前去赴會，世界各地分支的人，職位高的都走了，連漢克也要走了，這裏除了我，沒有第二個人，你仍可以有機會逃走的，快逃吧！」他一面叫我「快逃」，但他自己的聲音，卻在發抖！

我冷笑了一聲，道：「我應該怎樣，我自己知道，不用你吩咐。」

那人悶哼了一聲，我又道：「總部召集所有人，是為了什麼？」那人道：「秘密，這是極度的秘密！」我又以槍口在那人的腰處頂了一下，道：「是麼？是不可告人的秘密麼？」

那人怪叫了起來，道：「不！」

我不禁為之失笑，道：「那你告訴我吧！」

那人連連點頭，道：「總部已有了征服全世界的方法，所以才召集世界各地所有我們的人去聽候重要指示的。我職位低，負責看守而已。」

我聽了他的話，不禁感到了一陣昏眩。

張小龍一答應和野心集團合作，野心集團便立即召集所有人，部署征服世界了！

人類的危機來臨了！

我是不是還有力量及時告知我有關方面，挽救這一場大劫數呢？

第十七部

地窖中別有乾坤

我心中一面想，一面搖着頭。

那人道：「是與我作對，沒有好處——」

我不等他講完，便道：「少廢話，你帶我去參觀這個分支所的設備！」那人連耳根都紅了，道：「不能夠的！」我柔聲道：「能夠的！」那人嘆了一口氣，道：「完了！完了！」

我又道：「你還不快走麼？」

那人道：「由這裏通向前去，是張海龍的別墅底下，只不過是一些通訊聯絡設備和儲藏着一些武器，還有一個高壓電站，沒有什麼可看的！」

我一聽得那人如此說法，心中不禁猛地一動！

即使這裏有什麼可看的，我也不應該去看了！

野心集團已開始召集部署在世界各地的集團中人到海底總部去，那麼，他的陰謀，付諸實行，也就是這幾天中的事了！

我怎能再在這裏耽擱時間？我為什麼還不把將漢克作為證人，立即和國際警方聯絡？

我一想至此，連忙道：「你快送我出去！」

那人自然不知我是因為什麼而改變了主意，呆了一呆，顯是求之不得，連聲道：「好！好！」

我知道躺在外面的漢克，暫時不會醒來的，我坐上了那鋁質的椅子，那人扳動了一個掣，椅子開始向上升了上去，我心中在急速地盤算着，如果國際警方，對我的報告有所懷疑的話，那麼漢克便是一個最好的人證了，我必須將他制住，帶入市區。

正當我竭力思索，我離開了這裏之後，以什麼方法再和納爾遜先生聯絡之際，突然，我聽得下面，響起了「拍」地一聲。

那一下聲響，不會比一個人合掌擊蚊來得更大聲，但是那一下聲響卻令得我猛地一震，因為我一聽便聽出，那是裝上滅音器的槍聲，我根本不知道槍是誰發，也不知道槍射向何處。但是我卻本能地側了一側身子。

那一側，可能救了我的性命。

因為幾乎是立即，我覺得左肩之上，傳來了一陣灼熱的疼痛，我中槍了！

在那瞬間，我簡直沒有時間去察看自己的傷勢，我只是向下看去，我看到剛才還是一副可憐相的人，這時卻正仰起了頭，以極其獰厲的神色望着我，他手中正握着裝有滅音器的手槍！

他在地上站立的角度，是不可能覺察我只是左肩中槍，而不是胸部要害中槍。

所以，在那電光火石之際，我已經有了決定，我放鬆了肌肉，身子再一側，便向下跌了下去。

當時我除了這樣做之外，絕無他法。

因為我在上面，若是一被那人覺出一槍未致我死命，他可以補上一槍、兩槍，直到將我打死為止，我則像一個靶子一樣，毫無還手的餘地。

「叭」地一聲響，我已經直挺挺地跌在地上。我故意面向下臥着，血從傷處流了出來，但是那人卻無法弄清我是什麼地方受了傷。

我立即聽得他的腳步聲，向我走了過來，接着，便在我的腰際，踢了一腳，我立即打了一個滾，當然是放鬆了肌肉來打滾的，看來就像死了一樣。

那人像夜梟似地怪笑了起來，不斷地叫道：「我打死了衛斯理，我可以升級了！」

我將眼睛張開一道縫去看他，只見他手舞足蹈，高興到了極點。

當然，我知道，我殺死莎芭等人的事情，野心集團總部，只怕已經知道了，而且，野心集團的總部，一定出了極高的賞格來使我死亡，所以那個人自以為將我殺死之際，才會那麼高興。

我左肩雖然已經受傷，但是還完全可以對付像那人這樣的人。

我趁他手舞足蹈之際，一伸手，抓住了那人的足踝，我一抖手間，我清楚地聽到了那人的足骨斷裂之聲，然後，令得他連再扳動槍機的機會也沒有，他的身子已向後倒去，後腦「砰」地一聲響，撞在水泥的地面上。

這一撞，他未曾立時腦漿迸裂，當真還得感謝他的父母給了他一個堅固的腦殼。但不論他的腦殼是如何堅固，他翻着白眼，像死魚一樣地躺在地上不動了，而他腿骨斷折之處，立即因皮下出血而腫了起來。

我不怕面對面的決鬥，但是我最恨打冷槍的傢伙，所以我對他的出手才如此之重。我敢斷言，這傢伙就真醒轉來，他的右腿也必然要動手術切除才行了。

我這時，才俯首察着自己肩頭的傷勢，我咬緊了牙，摸出了一柄小刀，將子彈挖了出來，這確實是十分痛苦的事，使得我在汗如雨下之際，又狠狠地在那傢伙的身上，踢上幾腳。

然後，我脫下了襯衣，扯破了衣袖，將傷口緊緊地紮好。我動作十分快，因為我不能在漢克醒來之後才出去。而漢克究竟可以昏過去多久，卻是難以準確預料的事。

我紮好了傷口，按動了一個鈕掣，使得那椅子向下落來，然後，我又按動了使椅子上升的鈕掣，飛身上了椅子，椅子再向上升去。

約莫三分鐘之後，我便在那株榕樹之下的洞中，鑽了出來。然而，當我一出洞之後，只見濃霧已散去，就着星月微光，我首先看到，那兩個特瓦族人，躺在地上，男的壓在女的身上，已經死了。

我吸進了一口涼氣，立即向漢克倒地的地方看去——那實是多此一舉的事情，漢克當然不在了！

在那片刻之間，我心頭感到了一陣難以形容的絞痛。死的雖然是兩個和我絕無關係的特瓦族印第安侏儒，但是，在他們純樸的心靈之中，我卻是「特武華」——他們信奉的大力神。也正因為如此，所以才將他們的發現告訴了我。但是，我卻對漢克的體格，作了錯誤的估計，在他昏了過去之後，未曾作進一步的措施，便進入了地洞之中。

我的疏忽，使他們喪失了性命！

我嘆了一口氣，回頭看去，只見那株榕樹，又恢復了原狀，實是再精細的人，也難以想像在一株生長得十分茂盛的榕樹之下，會有着地下室和地道的。

我同時聽得警犬的吠聲和電筒光，可以想像，那一定是漢克的槍聲，引來了警察。漢克不止放了兩槍，因為那兩個特瓦族人身上的傷痕十分多。

我不能再在這裏耽擱下去了，我連忙在草叢之中，向前疾竄而出。不一會，我便繞過了張海龍的別墅，走到接近我停車的地方。

但是我剛一到離我停車還有二十公尺之處，我便呆住了。

在我「借用」來的那輛車之旁，大放光明，一輛警車的車頭燈，正射在車子上，有一個警官，在通無線電話，有一個警官，正在打開車門，檢查車子的內部。

我自然不能再出去了！

我向後退去，不禁猶豫起來：我該如何呢？我總不能步行回去市區去的！

當然我並沒有猶豫了多久，我立即想到，張海龍的別墅，是我最好的藏匿地點。所以，我又向前奔出，翻過了圍牆。在我翻過圍牆，落在地上的那一瞬間，我心中突然閃過了一絲念頭：漢克到哪裏去了呢？野心集團既然在張海龍的別墅附近，設下了控制遠東地區的分支，那麼，漢克對張海龍的別墅，一定也十分熟悉了！

在四周圍已全是警察的情形下，他要不給警察發覺，會上哪裏去呢？當然也是躲到別墅中！而別墅中只有張海龍一個人在！

張海龍是一個固執的老人，而漢克則是一個殺人不眨眼的兇手，我的心中，不禁生出了一股寒意，為張海龍的處境，擔起心來。

我連忙以最快的身形，來到了大門口，廳堂中的燈光已經熄滅了，張海龍可能是在二樓的臥室中。我抓着牆上的「爬山虎」，那雖然不能承受多重的分量，但是已足夠我迅速地向上爬去。

當我站在二樓窗口凸出的石台上之際，警犬聲已接近張海龍的別墅，電筒光芒，也迅速地移了近來。

我沒有再多考慮的餘地，反手一掌，擊破了一塊玻璃，伸手摸到了窗栓，拔開了栓，推開了窗，一個倒翻身，翻進了室中。

我到過這別墅的次數雖然不多，但是我在爬上牆時，早已認定了窗戶，我翻進來的地方，是張海龍的臥室。張海龍當然不會在這間房間中的，我一落地，立即便站了起來，準備去找張海龍。但是我剛一站起，在漆黑的房間中，我身後的那個屋角中，傳來了漢克的冷酷的聲音，道：「衛斯理，我等你好久了！」

漢克的聲音，旋地傳出，實在是我的意料之外，我只是料到漢克可能在這裏，卻料不到漢克已經在這裏等着我了！

因為，我在擊倒漢克的時候，根本未曾想到漢克已看清襲擊他的是我！

當時，我除了立即站定不動之外，絕無其他的事可做。我苦笑了一下，道：「我不相信你能夠在黑暗之下認清目標。」

漢克「桀桀」地怪笑了起來，道：「衛斯理，經過紅外線處理的特種眼鏡，我可以在黑暗之中，數清楚你的頭髮！」

我不再說什麼，漢克的話可能是實在的。人類已經有了在黑暗之中利用紅外線攝影的發明，野心集團自然可以進一步製造出能夠在黑暗中視物的紅外線眼鏡來的。

漢克又怪笑了幾聲，道：「衛斯理，這次你可承認失敗在我手中了？」

漢克道：「我在昏過去之前的一剎間，看到了襲擊者是你，我的意志使我只不過昏迷了五分鐘，槍聲引來警察，我又知道你必然能夠制服那個笨蛋的，你必然會來到這裏，我可以舒舒服服地坐在沙發上等你，朋友，你還不承認失敗？」

我不得不承認漢克的料斷十分正確，但我的確不知道什麼叫失敗，我冷笑了一聲，道：「張海龍呢？」漢克道：「他睡得天翻地覆也不會醒了！」

我不禁吃了一驚，道：「你這是什麼意思？」

漢克笑道：「你以為我殺了他麼？放心，他是遠東地區著名的銀行家，我們還要利用他的。」

張海龍沒有死，這使我暫時鬆了一口氣。

漢克道：「衛斯理，你知道你可以使我高升到什麼地位麼？」

我冷冷地道：「升到什麼地位？」漢克顯是得意之極，大聲道：「使我升到我們首腦的整個亞洲地區的顧問，你知道麼？」

這時候，在黑暗中久了，室中已不像是我剛進來那時一片漆黑了。我抬頭看去，只見漢克正坐在屋角的一張沙發上。

而我才一轉頭，他便失聲道：「別動！」

這證明他看我要比我看他清楚得多，我不敢再動，道：「我可以坐下來麼？」漢克道：「當然可以。」我向橫走了幾步，在一張椅子上坐了下來。

就在這時，警犬的吠聲已到了大門口，擂門聲，電鈴聲一齊響了起來。漢克低聲警告我：「不要出聲。」我道：「沒有人應門，警察是會破門而入的！」

漢克一笑，道：「你的希望必然要落空了，第一，這所別墅幾乎一直是空置的，警察知道；第二，這是張海龍的別墅，你忘了麼？」

我心中暗嘆了一口氣，這本來是我也料得中的事。

我剛才如此說法，只不過是想嚇嚇漢克一下而已，但是漢克卻不是容易受騙的人。

漢克沉着聲音，道：「老實說，衞斯理，我對你十分佩服，你能在海底總部中逃出，近二十年來，你是第一人，而你又能逃脫了莎芭他們的圍捕，這也是極不容易的事，但是，這次你想要脫身，卻不容易了！」

我問道：「警察一走，你便準備開槍麼？」

漢克奸笑道：「那等警察走了再說吧。」

我探聽不出他的目的，只得背對着他坐着。警察在大門口鬧了十分鐘，便離了開去，等到四周又漸漸恢復寂靜之際，漢克呼令道：「好，你可以站起來，向門外走去了。」

我立即道：「到什麼地方去？」

漢克道：「你走，我自然會指示你的。」

我想過了幾百種脱身的方法，但是卻都給我放棄了，我實是不會有機會的，我走到門口，拉開了門，外面是走廊。

漢克在我背後，道：「下樓梯去。」

我向樓下走去，到了大廳中，漢克又道：「到儲物室去。」

一聽到「儲物室」，我心中不禁一動，因為我第一次看到「妖火」，那種奇異的火光，似乎正是從儲物室中射出來的！

而當時，我也曾去過那寬大得異乎尋常的儲物室中，卻並無什麼發現。

如今，漢克又逼我到儲物室去，那意味着什麼呢？

我一面想，一面向前走去，不一會，便來到了儲物室的門口，門上全是積塵，張海龍的這所別墅雖然大，但是卻乏人打理，儲物室只怕更是平日沒有人來到的地方，所以門下有着積塵，實也不足為奇。

我在門前站定，回過頭來，道：「要我開門麼？」

漢克一聲奸笑，道：「不用了！」他一面説，一面已自衣袋中取出了一個如同廿支裝煙盒大小的物事來，同時，手一拉，在那物事上，拉出了一根一尺長短的金屬棒來。

我對於無線電的一切，雖然不是內行，但卻也不是一竅不通！

我一見那物事，便立即知道，那是一具無線電發射器，在那瞬間，我只當漢克要對我不利，神情不禁地緊張了起來。

漢克一定看出了我的緊張，他雖然仍有槍對着我，但是卻也不由自主，向後退出了一步，他又立即道：「你想妄動麼？」

我的目光，停在他手中的那具無線電發射器上面。漢克道：「你放心，這不過是一把『鑰匙』而已。」我呆了一呆但隨即明白了他的意思。

他手中是一具晶體管的無線電發射器，那的確是可以作為「鑰匙」用的，因為如果在一扇門上，裝上了無線電接收器的話，他便可以通過那具發射器，來操縱這扇門的開關了。

但是我的心中，卻又不能不疑惑。

因為我並不是未曾到過儲物室，而我上次在進入儲物室之際，卻絕沒有費什麼手腳，只是旋轉了門柄，門就開了。

如今，看來並沒有什麼不同，何以漢克要這樣鄭重其事？我心中對他仍然不信任，已見漢克一伸手指，推動了一個鈕掣，發出了「的」地一聲。

當我同時，又聽得前面，響起了一陣「格格」聲，使我立即回過頭去看時，我不禁又呆了一呆。

在我站立的地方之前，也就是儲物室的門前，本來，有一塊舊地氈鋪着的，這塊地氈，已經十分殘舊和骯髒了，可以説最喜歡留意周圍事物的人，都不會注意到它的。

但是這時候，那塊地氈，卻自動地揚了起來，而地氈的下面，竟然是一扇鋼門！

漢克再次按動了他手中那具無線電發射器上的按鈕，這一次，發出「的的」兩聲，那扇鋼門已向旁移了開去，我看到下面有亮光，還有一道避火梯的鋼梯，通向下面去。

我呆了好一會。漢克一連催了我三次，我才抬起腳來。我只走出了一步，道：「我明白了，張海龍是這裏的負責人？」

漢克呆了一呆，突然大笑了起來，道：「你想到什麼地方去了？」

我立即道：「那麼，你們為什麼選中了他的別墅，來做分部呢？」漢克道：「那純粹是湊巧，我們在離此地外發現了一個山洞，可以供我們隱藏器械、人員用品，而當我們準備從那個山洞挖掘一條地道，另求一個出口之際，卻來到了這裏，我們發現那更好，一個銀行家的別墅，這不是最好的掩護麼？」

我冷冷地道：「而且，那銀行家的兒子，也正是你們要求助的對象！」

漢克道：「據我所知，那時候張小龍還正在念中學，根本沒有什麼新的發明。」我點了點頭，心中更明白何以張小龍在美國有了新的發現。野心集團便立即能夠察知的原因了。

那當然是因為這條地道，恰好通到他父親的別墅，因此他和他的家人，也受到了野心集團注意的緣故。

我不再多問什麼東西，順着鋼梯，向下走去。到了下面，我看到一具類似放映機也似的東西，但是卻又有着望遠鏡似的長鏡頭。那長鏡頭一直伸向上面，從一個圓洞中伸出去，我弄不清那是什麼東西。而在那奇怪的東西之旁，則是其他許多，我或識或不識的器械，我並沒有機會細看，因為漢克一直在催我快走。

不到兩分鐘，漢克已將我驅進了一間小室之中，那間小室的間隔，似乎是一種新的塑料，類似硬橡皮的東西，我一跨進了那小室，第一個感覺，便是自己呼吸聲和心跳聲，竟連我自己，也嚇了一跳，而當漢克將門關上時，我更聽到了漢克的心跳聲，那是一種十分奇異的感覺，靜到了極點，但是卻有人的心跳聲，我一時之間，不知怎麼才好。只聽得漢克忽然講起話來，他在那樣的情形下，絕沒有理由對我大聲疾呼的，但是他的聲音卻是響亮之極。

漢克道：「這裏是絕對靜寂的地方，靜寂的程度，是全世界之冠。」

我非常相信這一點，但是我卻不知道在這裏弄一個這樣的靜室，有什麼用處。

他自己則在一張桌子前坐了下來，桌子上有着三根圓管，可以自由旋轉，調整方向，除此之外，還有不少按鈕，他將一根圓管對準了我，一按按鈕，從那圓管中，突然射出一股光芒，照在我的身上！

我立即想起了野心集團總部中的死光來，立即想要跳了起來。

但是我的行動，怎能及得上光的速度？我的神經，才跳動了一下，肌肉根本未動，自那圓管處射出來的光芒，已將我的全身罩住了！

在那片刻開，我感到肌肉發硬，我感到自己已經化成了一撮飛灰。

但是那一切，全是幻覺，我仍然好端端地坐在椅上，並未曾死亡，甚至沒有受傷，我心中立即又想起，難道這是輻射光？使人在被光罩住之後，就患上了不治之症，慢慢地死亡？

而以魔鬼集團在科學上的成就來說，或許他們已發明了可以改變細胞組織的輻射光，那麼，我在這種光芒的照射之下，會變成什麼樣的怪物呢？

我那肌肉依然僵硬，腦中五顏六色，在不到一秒鐘的時間內，不知泛起了多少光怪陸離的想法。

漢克一動不動地坐着，望着我。

我更感到他的眼光之中，充滿了不含好意的神色。霎時之間，我感到了空前未有的疲乏，我要用好大的勁，才能使自己的臉上，浮起一個十分勉強的笑容來，然後，我才道：「這算是什麼？」

漢克陰森森地道：「害怕了嗎？衛斯理也有害怕的時候麼？」

我是人，人自然是怕死。但如果是和野心集團爭鬥而死，那我當然不怕，若是怕，我也不會出生入死，冒險進行着那麼多事了。

可是如今，我的確害怕，我不是怕死，而且怕在那種光芒的照耀之下，我不知道會有什麼樣的結果，他媽的，我會變成一個科學怪人呢，還是一個史前怪物——我心中不由自主地這樣問自己。

我雖然沒有回答漢克，但是漢克卻顯然已在我面上的神情上，看出了我心中的答案，他得意地大笑起來，笑聲在這間靜室中聽出來，震耳欲聾，我未曾聽過魔鬼的聲音，但是我相信，如果真有魔鬼的話，它的聲音，一定和漢克一樣的。

他笑了好一會，才停了下來，道：「好，你害怕了，這就夠了。」

我道：「什麼夠了？」漢克伸手在那發出光芒，對住我的圓管上「錚」地彈了一下，道：「這裏射出來的光芒，只是普通的電子光。你乘過用電子光控制的升降機沒有？當光一被遮住時，升降機的門就會打開的。」

我鬆了一口氣，道：「自然乘過。」

漢克雙掌交叉，托在腦後，道：「這就是了，如果你規規矩矩地坐着，那就什麼也不會發生。但是如果你要亂動，電子光受到了干擾，那麼，在你看不到的地方，就會有槍彈向你射來。」

我明白了，這間靜室中是裝有電子控制的武器的，只要我不動，我就不會有危險。

我鬆了一口氣，立即又想起：我要在這張椅子上坐多久呢？漢克為什麼要我坐在這裏呢？

漢克「哈哈」笑着，道：「我本來想不說穿，讓你繼續害怕下去的，但是你害怕的神情，竟是那樣的可憐，居然打動了我的心，你知道麼？」

他是在竭力想侮辱我，我冷笑一聲，道：「原來你也有心肝的麼？」

漢克面色一沉，但立即恢復了那種狡獪得意，不可一世的笑容，道：「在你殺死了我們追蹤你的人之後，總部的新命令，是要發現你的人，盡最後一分力量，使你能投向我們，衛斯理，如果你答應的話，我也會是你的上級，你必須明白這一點。」

我冷笑道：「本來，這個問題，還可以考慮，但是有你這樣的上級，便變成用不着考慮了！」

這一下，漢克想要維持他的優越，也不可能了，他鐵青着臉望着我，而我心中，則十分放心。

因為野心集團既然已改變了命令，那麼，我暫時不會有什麼危險的了。

漢克望了我好一會，我們可以相互聽到呼吸聲和心跳聲，漢克面上，漸漸恢復了鎮定，道：「你在海底，已經看到了我們的實力，但是你或許不知道我們和世界各地分支的聯絡，是如何地緊密，如果你知道的話，那你就會相信，只要我們一開始，離成功就十分接近了。」

我冷笑一聲，道：「接近成功，絕不等於成功！」

我的話，使得漢克的面色，變得更其難看。但是他卻沒有發作，只是指着他面前的那張大桌子，點了一點上面密密排排的按鈕道：「你看到了沒有，這間靜室，事實上是我們總部的通訊室。總部因為處於海底，有時候，無線電波會受到暗流的干擾，所以，總部的命令，先發到這裏，再從這裏，轉到世界各地去，首腦人物的一句話，在一分鐘之內，便可以傳遍全世界了。」

我仍是保持着冷靜，道：「這又有什麼了不得？」

漢克的聲音十分平板，道：「而等到各地分支的負責人，在總部集會之後，回到原來的地方，就只要等候總部的命令好了。你知道轉傳總部命令的是什麼人？我！」漢克挺了挺胸，頗有不可一世之狀。

我卑夷地一笑，道：「又不是你下命令，你只不過是一具傳聲筒，有什麼光榮？」

漢克忍不住怪叫了起來，但是我卻仍十分鎮定地坐在那張椅上。雖然，我知道如果我妄動的話，立即會有殺身之禍。但我也知道，總部既然有了不准殺我的命令，那麼，只要我不動，不使電子光控制的武器自動發生作用，漢克是不敢奈何我的。

果然，漢克在怒吼了一聲之後，又用最卑劣的言語，足足咒罵了三分鐘，才停了下來，他一面罵，一面揮舞着拳頭，我明知他不敢擊我的，但是我卻也怕他手臂揮舞，忽然遮住了電子光，使得自動武器射出子彈來。

因之我忙道：「好了，你還有什麼叫我看的，還有什麼要對我說的，都可以說了！」

漢克站了起來，但立即又坐下。那表示他的心中，將我恨之入骨，恨不得將我立即殺死，但是礙於總部的命令，他卻又不敢，所以才坐立不安的。

他坐下之後，竭力使他的聲音，聽來平靜，道：「你聽聽這個聲音，就可以知道了！」

他一面說，一面伸手，在他身後的牆上，輕輕按了一按。

只聽得「拍」地一聲，牆上一扇活門落了下來，顯出了一具精巧的錄音機，錄音帶也在這時，開始轉動。

於是，我聽到了那聲音！

那是極其純正的國語，像是一個最蹩腳的話劇演員一樣，音調沒有高低。

但是我一聽，身子卻不由自主地震了一震！

我並不是第一次聽到這聲音了。

在野心集團海底的總部之中，那具電腦傳譯機之前，我聽到過這聲音兩次，我知道，這正是那野心集團最高首腦所發的聲音。

只聽得那聲音道：「衛斯理，你居然能從我們這兒逃了出去，我本人對你的勇敢，表示欽佩。但是你竟不能了解到無論你逃向何處，永遠不能逃脫我們的手掌，我本人對你的愚蠢，表示遺憾。」

我聽到這兒，聳了聳肩，道：「漢克，就是這些廢話麼？你將錄音機關上吧！」

漢克冷然一笑，並不出聲，也不行動。

我自然只好繼續聽下去。

那聲音續道：「當你聽到我的聲音的時候，可能我們總部的大集會，已經召開了。如果是的話，那麼我允許你通過電視，作為我們這次大集會的旁觀者，這一點，你可以向監視你的人要求——」

我立即向漢克望去，漢克一翻手腕，看了看手表，然後，他一口氣按動了桌面上排列着的七個按鈕，只見一幅牆移了開去，現出一幅巨大的熒光屏。

那聲音繼續道：「當你看到這樣的場面之後，你就知道，單以你的勇敢來和我們作對，是徒然的。張小龍也曾經勇敢過，但是他如今怎麼樣？他聰明地抉擇了和我們合作的這條路……」

我看到那巨大的電視熒幕上，已出現了縱橫交錯，閃耀不停的白線。

那聲音仍未停止，續道：「我十分希望你能和我們合作，要知道，那是我本人對你的勇敢的欣賞。」

那聲音停了下來。同時，電視銀幕之上，也出現了畫面。

畫面相當模糊。但是卻可以看出，畫面上出現的，是一個圓彎形的大廳。大廳的整個形狀，也是圓的，一排一排的座位上，坐滿了人。要看清那些人的模樣，是沒有可能的，因為畫面十分模糊。

在正中，有着一個圓台，圓台上坐着十來個人。

那十來個人，我只是憑着記憶力，才看出其中一個，彷彿是甘木，而另一個昂着頭，坐着一動也不動的，則像是張小龍。

我看了片刻，道：「不能將畫面調整得清楚一點麼？」

漢克道：「笨蛋，難道我不想看清楚麼？」我知道，要將海底總部之中，如今所發生的事情，轉播到這間靜室中來，那是十分困難的事，雖然畫面十分模糊，已是難能可貴了。

我又道：「沒有聲音麼？」

漢克又按動了幾個按鈕，在電視熒幕之旁，發出了一陣聲音，但是卻收聽不到正常的聲音。漢克弄了一會，終於道：「出了故障了！」

他放棄了收聽聲音，只是盡量將畫面調整得更其清晰。

我屏住了氣息，向前望着，問道：「哪一個是你們的最高領袖？」

第十八部

海底總部大混亂

漢克道：「你看到了沒有，在甘木旁邊的那張椅子之上。」甘木旁邊那張椅子，我早就看到了，那張椅子，比旁的椅子都大，但是卻是空的，上面並沒有人。

我呆了一呆，道：「你是說，當會議開始之後，他將會坐在那張椅子上？」

漢克冷冷地道：「會議早就在進行中了。」

我心中也大是有氣，道：「難道你們的最高首腦，竟不出席這樣重要的大會？」漢克暗暗笑了起來，道：「當然出席的，但是卻沒有人看得到他。」

我問道：「這是什麼意思，難道他已經發明了隱身法麼？」

漢克道：「誰知道，或許是這樣，總之，沒有人見到過他，也沒有人聽到過他真正的聲音，但是，他卻就像是在你身旁一樣，這便是我們的最高首腦。」

我並不覺得漢克的話有什麼誇大之處，因為，當我在海底野心集團總部的時候，我也曾竭力想和這個最高首腦見面。然而，我卻做不到這一點。但是，儘管我見不到他的人，卻和他談過話，他也可以將我看得清清楚楚！

我「哼」了一聲，仍然注意着電視熒光幕上面的變化。

只見所有的人，忽然都站了起來，不斷地拍着手掌，同時，我看到主席台上，那彷彿像是張小龍的人，向前走了過來，來到了講台之旁。

他一走動，我更可以肯定他是張小龍。

我雖然聽不到聲音，但是從所有人鼓掌的情形來看，歡迎張小龍演説的場面，一定熱烈之極，我望了望漢克，只見漢克也洋洋得意地望着我，似乎在説，根本用不着我的勸説，張小龍也已經為他們服務了。我雙手緊緊地握着拳頭，又望向電視熒幕，只見張小龍在講壇面前站定之後，其餘人也一齊坐了下來，靜聽張小龍演説。

張小龍站着，揮舞着手在講話，他面上的神情如何，我看不出來，可是看他不斷地捶着桌子，和不斷地揮着雙手的情形，可以看得出他所説的話，一定是十分激烈。

我心中不禁大是奇怪起來。

因為如果張小龍肯定了他該為野心集團服務，那麼，他就絕不會這樣激動的。而他如今的情形，分明是處於一種十分反常的狀態之中！

果然，不出我所料，張小龍還在講着，主席台上，甘木和另一個我所沒有見過的人，已站了起來，向張小龍撲了過去，將他的手臂抓住，要將他扯下台來，但是張小龍卻在用力地掙扎着。

同時，大廳中的所有人，有的站了起來，有的木然而坐，秩序起了極度的混亂，我不禁奇聲道：「發生了什麼事？發生了什麼事？」

我連問了兩遍，轉過頭去看看漢克。

在這一轉頭間，我才發現，那從圓筒中射出來的光芒，已經不照在我身上，而照在我身旁的牆上了，漢克正在滿頭大汗地按動着鈕掣，他顯然是想收聽聲音，想弄明白在海底的總部，究竟發生了什麼糾紛。

而那個本來是對準了我的圓筒，這時，也已經歪向一邊，所以，從圓筒中射出來的光芒，也照不到我的身上了。也就是說，我已經脫離了武器的威脅。那自然是漢克手忙腳亂，想要收聽聲音時，碰到那圓筒，而他自己也不知道的結果。

我心中大是高興，連忙身子一卸，滑下了椅子，就地一滾，等到漢克覺出不妙之際，我已經來到了他的身後，一伸手，將他的後頸拿住。

漢克可能一輩子也弄不明白，何以我一伸手，以三根手指，拿住了他的後頸之後，他便一點力道也使不出來，全身如同軟了一樣。那是因為我已經捏住了他後頸的一個穴道之故。

漢克喘了一口氣，道：「你……你怎麼……」

他想問我，是怎麼能夠從椅上站了起來，而不被子彈射中的，我不去理會他，一把將他提了起來，放在剛才我所坐的那張椅子上。

然後，我以最迅速的身法，回到了那張桌子之旁，轉動那個圓筒發出的光芒，罩在他的身上。漢克剛想站起來，光芒便已經將他罩住，他面色變得像青鋼石一樣，坐在椅上一動也不敢動。

我向他一笑，道：「對不起得很，中國人有句話，叫作『六十年風水輪流轉』，剛才是我坐這張椅子，如今輪到你，不是很公平麼？」

我一面譏諷着漢克，一面也不斷地轉動桌上的幾個控制鈕，希望聽到，野心集團總部中發生的大混亂，是因為什麼而引起的。

這時，電視熒幕上出現的情形，可說是紊亂到了極點，人和人之間，擠來擠去，張小龍還在台上，和甘木等人掙扎着。在這時候，我自然記起了張小龍曾經和我説過，他要以一個人的力量來對付整個野心集團，並且叫我快點離去，以免玉石俱焚那件事來。

如今看來，張小龍的話並不是空談，那麼，他是用什麼方法，使得野心集團這樣混亂的哪？

我不斷地轉動着其中一個顯然是控制電視音量的鈕掣，突然之間，我聽到了一陣轟鬧聲，那陣聲音之亂，簡直連一個字眼也辨不出來。但是我卻可以肯定，那種聲音，正是發自我所看到的那個電視熒幕之中的那個圓拱形大廳中的。

漢克一聽到我終於收聽到了發自大廳中的聲音，他面上的神色，也不禁大為緊張起來，雙眼望住了電視熒幕，一眨不眨。

我大聲道：「漢克，不要忘記你自己是在電子控制武器的射程之內，不要亂動，我還不想你死呢！」

由於收聽到的聲音，是如此之嘈雜，因此我不得不用最大的聲音來說話。

漢克瞪了我一眼，面上出現了十分憤怒的神色來，但是他立即便轉過頭去，望向電視熒幕。顯然，他關心海底總部發生的變化，僅次於他自己的性命而已。

我仍然小心地旋轉着鈕掣，並且轉動着短波的分波器，找到了正確的波長。雖然雜音還是很厲害，但是我也可以聽到，有人以英語在聲嘶力竭地大叫道：「快撤退，快撤退到陸地上去！」有的則叫道：「遲了，遲了！」更有一個德國人，在以德語大聲叫道：「難道我們都完了麼？難道我們的一切都完了麼？」

由於那大廳之中，混亂到了極點，所以那些話是誰講的，根本看不出來。當然，那些話，是夾雜在噪音之中的，雖然聲音特別大，但也要十分用心，才能夠聽出來。那些話具體意味着什麼，實在使人莫名其妙。

但是可以肯定的是，野心集團的那次集會，是因為剛才張小龍的講話，而引起了極大的混亂，從電視熒幕上來看，那種混亂，稱之為這個野心集團的末日似乎亦無不可。

可是，張小龍雖然是一個極其優秀的科學家，但他終究只是人，而不是神，他有什麼力量，只憑幾句話，便使得一個有着如此堅強的組織的集團，有着如此尖端科學的集團，產生那樣的大混亂呢？

可惜無線電波受到了障礙，使我未能早收聽到張小龍所講的話，而如今要我來設想，張小龍究竟講了些什麼話，我卻是難於想像！

我又望了望漢克，他的面色，也顯得難看到了極點，我大聲道：「你看到了沒有，你們的集團，已將臨末日了！你還高興什麼？」

他猛地轉過頭來，蒼白的臉頰上，突然出現了兩團紅暈，那表示他的心中，激動到了極點。只聽得他叫道：「胡說！胡說！」

我伸手向電視熒幕指了指，道：「你自己沒有看到和聽到麼？」

漢克整個臉都紅了起來，口中喃喃地不知在說些什麼，就在這時候，突然傳來了一陣急驟的鈴聲。那鈴聲是從電視熒幕旁邊的音響裝置中傳出來的，起先，人人都向一個方向看去，而那個方向，正有一盞燈在明滅不已。

我知道，那鈴聲也是由那個圓拱形的大廳之中發出，經由性能極其超越的無線電收音設備，而使我能在這裏聽到的。

電視熒幕上的人，十分模糊，根本看不清臉，當然也無從再觀察他們的面部表情。

但是在漢克的臉上，我卻可以猜測大廳中臉上的表情如何了！

只見漢克兩眼發直，身子甚至在微微地發抖！

只聽得他不斷地在說話，我起先聽不清他講話的聲音，後來才聽到他，翻來覆去，只是重複着一句話，那便是：我的天，他竟然出來和大家見面了！

我沉聲問道：「誰出來和大家見面？」

漢克兩眼定在電視熒幕上，道：「他！他！全世界人類中最優秀的一個。」我有點明白了，道：「你說的是你們集團的最高首腦？」

漢克道：「自然是他，除了他以外，誰還配有這樣的稱號？」

我又道：「你怎麼知道？」

漢克像是着了魔一樣，道：「那鈴聲，你聽那鈴聲，那就是他要出現之前的信號了。」漢克剛講完了這一句話，鈴聲便靜了下來。

我立即向電視熒幕看去，只見每一個人，都已經坐在原來的位置上，而大廳中，也十分沉靜。我注意到，在主席台上，已少了兩個人，一個是張小龍，另外一個，便是甘木。

也就在這個時候，我又看到所有的人，都站了起來，而漢克也在這時，「霍」地站起。他對於他的領袖的崇拜，使得他完全忘記了他自己是處在電子光控制的武器的射擊範圍之內的。

他才一站起，我便聽到一陣緊密的槍聲，我連忙回頭看去，只見自一幅牆上射出了十幾發子彈，一發也不落空，全部射在漢克的身上。

漢克的身上，血如泉湧，他的身子搖晃着，伸出了右手來，我看得出，他是在行一種禮節，同時，他口中叫道：「萬歲——」

他叫的是德文，但是只叫了「萬歲」兩個字，下面的話還未曾叫出來，便自身子一側，「砰」地一聲，跌倒在地上了。

我不及去看他的死狀，由於他死前的那個舉動，使得我的心中，起了莫大的疑惑：「這個野心集團的最高首腦，究竟是什麼人呢？」

然而，也就在那時，我不禁大吃一驚！

因為電視畫面，正在迅速地縮小。那情形，就像普通的電視機，關了掣之後一剎那間出現的現象一樣。在普通畫面二十七吋的電視機上，這種現象，約能維持三分之一秒，在這三分之一秒中，一切的人物景象，俱都縮小了，但是還可以看得清楚。

如今，我所面對的電視熒幕極大，所以，畫面雖然在迅速地縮小，但在這一個階段，卻還可以有四五秒鐘的時間，給我看清楚那大廳中的情形。

我看到一個人，大踏步地走上主席台，那人究竟是何等樣人，遺憾得很，一則由於時間實在太短促，二則由於電視畫面，本來就十分模糊。

我只可以告訴各位，這個人的身材中等，髮型十分奇特，像是就這樣隨便梳着的，以致有一綹頭髮，披了下來，上唇看來好像是留着小髫髭，但是又看不真切，他一面走，雙手則神經質地擺動着。

在那極短的時間中，我突然感到，這個人我是認識的，那是一種十分奇怪的直覺，這種直覺，使我相信，如果我能夠看清那人的面貌的話，我一定能毫不遲疑地叫出這個人的名字來。

我只看到那個人走上了主席台，揮舞了一下手臂，電視熒幕便黑了下來，什麼也看不到了，而聲音則早在電視畫面開始縮小的時候已聽不到了。

我沒有再去按鈕掣，使得電視畫面重現，因為我看到電視熒幕上有四五個小孔，那自然是剛才射向漢克的子彈，穿過了漢克的身子，射向電視熒幕之故。電視巨大的陰極線管，已受到了損壞，而那麼巨大的陰極線管，只怕世界上還找不出來！

我呆了片刻，又回過頭去看漢克，漢克當然早已死了。

我在電視熒幕之上，看到了野心集團突然發生大混亂的情形，這對我來說，自然是十分值得高興的一件事。但是我卻無法知道，那最高首腦的出現，是不是能夠平復這一場混亂。我仍然要和國際警方聯絡，而且，張海龍的處境如何，也是令得我十分關心的事。

我不能在這裏多逗留了，我連忙循着來路，退了出來，等我退到儲物室中的時候，才發現，原來天色已經微明了。

不用多久，我已經在走廊之中，推開一間一間房間的房門，尋找張海龍，而當我推開第五間房間的房門之際，我不禁一呆。

只見張海龍躺在牀上不動，像是正在沉睡。

張海龍可能是給漢克以麻醉劑弄得昏迷了過去，這是我已料到的事情，也根本不會使我吃驚，令得我吃驚的是，在張海龍的牀邊，還伏着一個人，那人背部抽搐不已，分明是在哭泣。

而這人不是別人，正是張小娟。

我陡地一呆之際，張小娟已揚起頭來。

她一看到了是我，也呆了一呆，然後，霍地站了起來，厲聲道：「衛斯理，你將我爹怎麼了？」我連忙道：「令尊可保無事，而且，事情和我也沒有關係！」

張小娟似信非信地望着我，「哼」地一聲，道：「你的話可以相信麼？」

張小娟的一切行動，十分異特，使我難以確定她的真正身分，因此我和她講話，也不能不額外小心，我想了一想，才道：「為什麼不能相信？」

張小娟一偏頭，道：「你先將我父親弄醒了再説！」我來到了張海龍的面前，立即聞到一陣強烈的「歌羅方」的氣味。

我知道我的猜測不錯，張海龍只是暫時昏了過去而已。我望了張小娟一眼，冷冷地道：「你能正確地判斷一個人死亡的時間，難道竟看不出令尊是因為聞了歌羅方才昏迷的麼？」

張小娟聽到我這樣説法，立即後退了一步，面色也為之一變！

而我正是故意如此問她的，這樣強烈的暗示，可以使她知道，我至少已知了她一部分的秘密！她望了我足有半分鐘，才道：「你這樣説法，是什麼意思？」

我也向她望了半分鐘，道：「高貴的小姐，你該知道是什麼意思的。」

她的面色又變了一變，道：「如此説來，我到你家中去的時候，你正在？」

我點了點頭，而且立即單刀直入地道：「正是，小姐，你帶着手槍，到我家裏來幹什麼？」

在我剛一開始和她在言語上針鋒相對之際，張小娟的面上神色，十分慌張。

但是，當我單刀直入，向她嚴詞質詢之際，她的態度，卻反而鎮定了起來，在椅上坐了下來，面上現出了一種十分疲乏的笑容，以手支額道：「那個，不說也就罷了。」

我自然不肯就此放過她，冷冷地道：「你以為這樣的一句話，就能夠滿足我的好奇心了麼？」我在「好奇心」三字之上，特別加重語氣，那就表示，我實在並不只是為了「好奇心」，而且非弄清楚她的來龍去脈不可。

她抬起頭來，又望了我一會，道：「人家說你厲害，果然不錯。」

我哈哈一笑，道：「不敢，只不過還不至於隨便服輸而已。」

張小娟將頭轉了過去，道：「如果說，我來找你，只是為了救你，你信不信？」

張小娟的聲音，聽來十分平淡，像是在講笑，但是卻又不像。

女人的心情，本來是極其難以捉摸的，美麗的女人尤然，而張小娟則更其難以捉摸。我無法肯定她所講的是真是假，只得反問道：「救我？」

張小娟突然笑了起來，我一伸手，握住了她的手腕，道：「別笑，你究竟扮演着什麼角色？」

張小娟止住了笑聲，輕輕地嘆了一口氣，道：「一個可憐的角色？」

我仍是一點也摸不透張小娟究竟是何種人，我只得道：「可憐的角色？可憐到什麼程度。」張小娟轉過頭去，道：「可憐到了被大英雄認為是奸黨的程度。」

我鬆開了張小娟的手腕。可能是我的力道太大了些，她的皜腕之上，出現了一道紅印。她自己輕輕地揉着，十分幽怨地望了我幾眼。

我吸了一口氣，道：「張小姐，我們應該開誠布公地談一談了。」

張小娟低下頭去，並不出聲。

我又問道：「譬如說，剛才，大約十多分鐘之前，你對於你的弟弟，有什麼感覺？」張小娟倏地睜大了眼睛，道：「你這是什麼意思？」

我知道她的那一下反問，大有原因，連忙緊釘着問道：「有什麼感覺，你說，因為剛才，我還看到你的弟弟！」

張小娟的面上，充滿了疑惑之色，道：「什麼？你是在夢囈麼？」

我立即道：「一點也不！」

在我們交談之中，張海龍也醒了過來，以微弱的聲音問道：「誰？誰剛才見過小龍？」

我道：「老先生，你且休息一會，詳細的經過，我會向你報告的！」

我一面說，一面仍以眼光催促張小娟回答我剛才的那一個問題。

張小娟低下頭去，想了一想，又抬起頭來，道：「不錯，我心中，在十分鐘之前，的確有一種十分奇妙的感覺——」

張海龍睜大着眼睛望着我，像是不明白我和張小娟在談些什麼。

我只得匆匆地向他解釋，道：「他們兩姊弟是同卵子孿生的，因此相互之間，有着微妙的心靈感應！」張海龍似懂非懂地點了點頭。

而小娟又道：「我覺得弟弟像是完成了一件他一生之中最大的壯舉！」

張小娟續道：「我可以感到他心中的激憤、高興，和那種帶有自我犧牲的昂然的情緒——」

張小娟講着，面色漸漸變得激動起來。

突然之間，她猛地站了起來，而她本來因為激動而呈現紅色的面頰，這時候也蒼白了起來，只見她身子微微地震動着，雙眼望着前面，從她眼中的神情看來，像是面前的牆壁，根本不能阻擋她的視線，她是在望向極遠的地方一樣。

我連忙問道：「怎麼了？怎麼了？」

張小娟望着我道：「我弟弟……我弟弟……」

張海龍的面色，也蒼白了起來，道：「小娟，鎮定些，你弟弟若是有什麼危險，你更不能不鎮靜。」張小娟大口地喘着氣，像是一條離開了水的魚一樣，看她的情形，分明是十分痛苦！

我連忙奪門而出，以最快的速度衝到樓下，拿了一瓶白蘭地，又衝了上來，將酒瓶湊在她的口上，她飲了兩大口酒，才又道：「我弟弟……我弟弟……我感到他……已經死了！」

第十九部

醫生史上的罕例

張小娟的話才一出口，我只聽得「咕咚」一聲，已經自牀上起來，坐在椅子上的張海龍連人帶椅，一齊跌在地上，但是他卻立即站了起來。

我立即道：「張小姐，你怎麼如此肯定？」

張小娟一面流淚，一面汗如雨下，叫道：「不要問我，我知道的，我知道的。」

我也知道的，心靈感應，是一種十分微妙的感覺，是絕對不能說出所以然來的，張小娟叫了兩聲之後，忽然低下頭來。

我和張海龍兩人，都十分緊張地望着她，她低頭約有兩分鐘之久，才又抬頭起來，聲音也變得十分平靜，道：「我知道，弟弟臨死之際，心情十分平靜，可以說一點痛苦也沒有，因為他在死前，做了一件十分偉大的事情——」

她講到這裏，抬起頭來，問我道：「你可知道他做了些什麼？」

我嘆了一口氣，道：「不知道，但是我的確知道他所做的事極其偉大。」

張海龍的眼角還帶着眼淚，但是他卻笑了起來，道：「這孩子，我早知道會出人頭地的。」

我道：「張老先生，你放心，令郎就算死了，但是他的行動，使整個人類得以自由地生存下去，使人類的自由思想，不至於被奴役所代替，他是所有的人的大恩人，是自由的維護者！」

我愈説愈是激動，吸了一口氣，繼續道：「他使一個想以奴役代替自由的野心集團面臨末日，他絕不向世界上最強大的勢力屈服，他是堅強不屈的典型！」

張海龍仍含着眼淚，但是他面上的笑容卻在擴大。他道：「衛先生，只怕你太過獎了。」

我肯定地道：「一點也不！」

張海龍道：「那麼，其中的詳細情形，究竟是怎樣的呢？」

我道：「我可能已知道了百分之九十八，但仍有一點最重要的不明白。」

張海龍道：「你不妨原原本本地對我説説。」

我看了看手表，已經八點多了。我道：「威脅我生命最大的一方面勢力，可能已無能為力了，但是我仍不得不小心——」

我在講到這裏的時候，特地向張小娟望了一眼。

但是張小娟的面色漠然，她只是抬頭望着天花板，似乎根本連我的話也沒有聽進去。

根據以往科學界的文獻紀錄，同卵子孿生的孿生胎，一個死亡，另一個也會死亡的。因為他們雖然在形態上是兩個人，但是在意識上，在精神上，卻只是一個人（這是一個十分玄妙的怪現象，科學界至今還無法對這種怪現象作出正式的解釋。而且，根據記錄，同卵生的孿生子，犯罪傾向特別濃厚，往往不得善終，這據說是因為人格分裂之故。但是張小龍的例子，卻又推翻了這一個說法了，張小龍人格之完整，已是毫無疑問的事了。）

如今，張小娟說張小龍已經死了，那麼張小娟所受的打擊，一定也十分重大了。

我看了她一眼之後，想起自己不能在這裏多耽擱，還要和國際警方聯絡，我便站起身來，道：「我們回市區去，一路上我再和你詳細說好不好？」

張海龍點了點頭，也站了起來，但張小娟仍是一動不動地坐着。

我走向前去，將她扶了起來，她毫不掙扎，我向前走一步，她也跟着走一步。

我心中猛地吃了一驚，張海龍也已看出了張小娟的情形不對，忙道：「小娟！小娟！」

可是張小娟竟像是完全未曾聽得她父親的叫喚一樣。張海龍不再叫喚，他的面色，也變得極其難看，甚至於不及流淚了。

我知道，張海龍失了一個兒子，已經是心中極其哀痛的了。再要他失去一個女兒的話，他是無論如何，受不起這個打擊的。

可是，張小娟的情形，實在令我不樂觀，我只好勸道：「張老先生，她或者是傷心過度，你一到市區，便吩咐醫生，同時好好地派人護理她，不要多久，她就可以復原了！」

張海龍眼角，終於流出了眼淚，我扶着張海龍，向外面走去。

我扶着張小娟的感覺，和扶着一具會走的木偶，似乎完全沒有分別，我重重地握着她的手臂，甚至令得她的手臂上出了紅印，她也是一點反應也沒有。

我並沒有將張小娟的這種情形和張海龍說，我只是和張海龍講着我在那野心集團海底總部的遭遇，以及和他兒子會面的經過。

最後，我又說及在他別墅之下，乃是野心集團的一個分支機構，而我在電視上看到因為張小龍的出現，而使得野心集團的大集會，變得如是之混亂。

我將要講完之際，車子也已快到市區了。

我嘆了一口氣：「現在，唯一我沒有法子弄明白的事有兩點，一則是，張小龍不知以什麼辦法，使得實力如此龐大，世界上沒有一個國家可以對付得了的魔鬼集團，瀕臨末日。第二，在你別墅後面出現的『妖火』，究竟是什麼現象！」

張海龍一聲不出，直到汽車在他豪華的住宅面前停了下來，他才簌簌地伸出手來，放在我的手背上，用略為發顫的聲音道：「請你不要離開我。」我感到十分為難，因為我必須和納爾遜先生聯繫，我要去打無線電話。

但是，張海龍又亟需人陪着他。

我只得道：「張老先生，我要去和歐洲方面的國際警方通一個長途電話。」

張海龍道：「我書房中有和各大洲通話專用的無線電話，你可以不必離開我。」

我喜道：「那自然再好也沒有了，我們先將張小姐扶進去再說。」

張海龍的樣子，像是一下子衰老了許多，他幫着我將張小娟扶了出來，進了住宅，他立即吩咐管家去請醫生，又命傭人，將張小娟扶進臥房去，我則在他的指點下，到他的書房，去和國際警方聯絡。

等我叫通了納爾遜先生留給我的那個電話號碼之後，聽電話的並不是納爾遜本人，而是另一個人。當那個人問明了我是衛斯理，他便告訴我，納爾遜先生因為沒有接到白勒克與我見面的報告，所以他親自前來，與我會面了。

他臨走的時候，留下指示，如果我打無線電話去找他的話，那麼，我就應該深居簡出，盡量避免一切可能發生的危險，來等他和我主動地聯絡。

我算了算，納爾遜先生趕到，最快也是在兩天之後的事情了。除非他坐專程軍事噴射機，不停留地越過國界，那才可能快些。他是國際警察部隊的高級首長，應該是有這個可能的。

我通完了電話，走出書房，要傭人將我領到張小娟的房間中去。

只見有三個醫生，正在全神貫注地為張小娟檢查。這三個醫生我都是認識的，他們都毫無疑問地是世界上第一流的心理學家和內科醫生。我與他們點了點頭，便坐了下來。

他們三人檢查了足足大半個小時，又低聲討論了一陣。我看着他們嚴肅的面色，插言道：「先生們，不論你們診斷的結果如何，請不要向她的父親直言。」

三人中的兩個，連忙點頭，另一個則道：「這是沒有可能瞞得住他的。」

我道：「那也瞞他一時，因為，他不能再受打擊了。」

三人都表示同意。他們要我和他們一齊離去，說張海龍已經接受了鎮靜劑注射而睡着了。我跟着他們，到了其中一個的醫務所中。

他們三個人都坐了下來，抽着煙斗，弄得我們四個人，幾乎像埋葬在煙霧之中一樣。好一會，其中一個，我姑且稱之為A醫生，才嘆了一口氣，道：

「這是醫學界上最罕見的例子！」

我連忙道：「究竟怎麼樣了？」

A醫生道：「你可知道同卵子孿生，是怎麼樣一回事麼？」

我點頭道：「略為知道一些。」

A醫生沉思了一會，道：「普通的孿生，都是兩卵性的，同卵性很少有。卵巢中排出兩個卵子，每一個卵子遇上一個精子而同時受胎，這是產生二卵性孿生的原因。」

A醫生講到這裏，停了好一會，連續地吸着煙斗，直到煙斗之中，「吱吱」有聲。

我和A醫生相識，不止一年了。我知道他的脾氣，凡事都要從頭說起，所以他所說的那些，我雖然知道，但是我仍然不打岔，用心聽着。

A醫生呆了片刻，續道：「所以，二卵性雙生子，雖然同時出生，但仍然是兩個獨立的人，有獨立的性格，獨立的思想，兄弟姐妹之間，和不是孿生的，並沒有多大區別！」

A醫生講到這裏，抬起頭來，透過煙霧，望着第一流的心理學家，我們稱之為B醫生。

B醫生是研究一卵性孿生的權威，A醫生向他望去，分明是要他繼續說下去，B醫生砸了砸煙斗，咳嗽了一聲，道：「一卵性孿生是一個卵子，同時碰上了兩個精子，結果卵子分裂為二，形成兩個生命，因此，在母胎內所形成的兩個生命，是同一個卵子的一半，這就使得在物體上看來是兩個人，但是在精神上以及許許多多微妙的地方，實則上是一個人。根據文獻的記載，一卵性雙生子的怪事，是有着不可思議之處的，例如一個在美洲生傷寒病，另一個在歐洲，在最好的護理環境之中，也會染上傷寒症——這是丹麥心理學家R•勤根的記錄，也就是說，在母體內因卵子分裂受胎那種人目所不能見的微小偶然作用，能生出一種超越萬里空間的影響！」

我聽到這裏，忍不住插言道：「B醫生，你不認為一卵性雙生，竟出現一男一女不同性別的現象，這不是太出奇了麼？」

B醫生忽然笑了起來，道：「人類自稱科學發達，但到如今為止，連生命的秘奧，都未能探索出一個究竟來。醫學界更是可笑，將決定性別的因素，諉之於所謂『染色體』，又創造了一套『染色體』的數字決定性別的理論，這實在和哥白尼時代，教會認為地是不動的一樣可笑！」

我想不到一句問話，竟會引出醫生的一大篇牢騷來。B醫生是第一流的科學家，他不滿意目前的科學家水平，這是一種非常容易理解的心情。

B醫生以手指敲了敲桌面，道：「一句話，為什麼在同樣的精子和卵子結合過程中，形成胎兒，會有男有女，這件事，到如今為止，還沒有人知道，染色體也是，只不過是人類自己為自己的無知作掩護而已，所以——」

B醫生望了望我，道：「你的問題，我也沒有法子答覆。但是，一卵性雙生出一男一女的例子，是極其罕見的，張氏兄妹可以說是有文獻紀錄以來的第二宗，第一宗是埃及醫生卜杜勒一九三六年在開羅發現的，不幸得很，那兩姐弟都因殺人罪而被判死刑。」

我立即道：「你是說，一卵性雙生子因為性格的不完全，而犯罪性特強？」

我是準備在他說出了肯定的答覆之後，再舉出張小龍的例子，作為反駁的。

但B醫生究竟是這方面的權威，他想了一想，道：「也不一定，有的一卵性雙生子，一個承受了完全美好的性格，他的為人，幾乎是完人，而在那樣的情形下，另一個則必然是世界上最兇惡的罪犯！而如果不是這樣的話，那麼的確，兩個人的犯罪傾向，都特別濃烈。不過這也有後天的原因在內，因為一卵性雙生，形貌神態，完全一樣，自小便受人注意讚歎，這也極容易使他們形成自大狂的心理，自大狂便已經是接近犯罪的了！」

B醫生的下一半話，我幾乎沒有聽進去！

因為張小龍是堪稱人格完備之極的完人的。

那麼，難道張小娟便是「最兇惡的罪犯」了？

我實在難以設想這會是事實，但是張小娟種種神秘的行動，卻又不得不使我這樣想。

而且，在那一剎間，我還聯想起了許多其他的問題來。例如：顯然不是出自野心集團的毒針謀殺，那疊神秘失蹤的文件等等。

這些事情，可能和張小娟有關麼？是不是真的如此呢？

我想了一會，又打斷了他們三個人的沉思，道：「那麼，張小娟現在的情形怎樣了？」

B醫生道：「剛才為張小娟作全身檢查的是C醫生，我們不妨聽取他的報告。」

C醫生是內科專家，他苦笑了一下，攤了攤手，道：「各位，我沒有什麼話可說的，我只能說，張小娟的一切都正常，她根本沒有病。」

我想不到C醫生會這樣說法，不禁愕然望定了他，因為張小娟分明是有着不安，何以竟會「一切正常」？A醫生看出了我的驚愕，拍了拍我的肩頭，道：「這是極其罕有的例子，當一對一卵雙生的兄妹，在兄長死了之後，妹妹並沒有死，但是，妹妹除了肉體之外，人所具備的其他，例如思想、精神、性格等等，這一類看不到摸不着的東西，卻隨着她兄長的死亡，而一齊消失了！」

我聽得呆住了，發聲不得。

B醫生嘆了一口氣，下了一個結論，道：「所以，一卵性雙生，事實上，仍然只是一個人，我們不應該視之為兩個人，而只應該當他是四手四足兩頭的一個人！」

這些理論上的結論，我並不感到興趣，我只是關心張小娟的情況，究竟如何，因為還有着許多未曾弄清的事，要等她來澄清的。

因之，我連忙問道：「三位的意思是，張小娟從此不會思想了？」

三位醫生互望了一眼，C醫生道：「是的，她會活着，體內的機能，也能機械地活動着，能夠持續多久，沒有人知道。但是在持續期間，她卻喪失了一切能力，因為她的精神已經死了，只留下了肉體——」

C醫生到這裏，突然停了下來，向A醫生和B醫生苦笑了一下。

因為作為一個內科醫生來說，他剛才的那幾句話，實在是完全推翻了他所受的醫學訓練的。但是他不得不那樣說，因為眼前怪異的事實，確是如此！

至於一個人的思想、精神，怎麼會在腦細胞完全沒有遭受到破壞的情形之下，突然消逝，這只怕眼前三位第一流的專家，也無法解釋了。

我呆了半晌，默默地站了起來。

A醫生道：「我們和張老先生也很熟，我們都感到難以將這個結果永遠瞞着他，因為他終於會發現他的女兒，實際上和一個以軟塑料製成的假人，並沒有多大的分別！」

我竭力地鎮定自己的神經，才能忍受那些聽來極其殘忍的話。

對醫生們來說，這樣的一件事，只是醫學上的一件不幸的紀錄而已，而對我這樣一個普通人——有着普通人感情的人來說，這卻是難以想像，不忍卒聽的一件大慘事！

我自己也不知道究竟呆了多久，因為那三位醫生也完全在沉思着。然後，我才從煙斗的「吱吱」聲中和煙霧中站了起來，道：「請三位將這件事暫時隱瞞着，由我來告訴張老先生如何？」

A、B、C三位醫生都點了點頭，我辭別了他們，走了出來。

在我出來的時候，我聽到B醫生正在叫通比利時皇家醫學會的長途電話，分明他要和國際上傑出的醫生，繼續討論這一件罕見的一卵性雙生的例子。

我木然地離開，陽光照在我的身上，我感不到溫暖，我豎起了衣領，將頭盡量縮入，我並不以此在躲避着什麼，雖然我仍沒有忘記納爾遜先生的警告，但是我在知道了張小娟以後的命運的判斷之後，我心中起了一陣異樣的感覺，使我要縮成一團，因為我心理上需要仔細地思索。

我慢慢地在馬路上走着，又將整件事情，仔細地想了一遍。

我得出了一個結論，既然野心集團並未曾得到張小龍的研究資料，那麼，由我親手放在枕頭底下，結果卻失去了的研究資料，一定落在和施放毒針，進行血腥謀殺的人手中了。

我在得到這一個結論的同時，腦中不由自主地，浮起張小娟的名字來。同時，我耳際響起了一卵性雙生研究權威，B醫生的話來，也可能一個是人格完備的完人，但另一個一定是世界上最兇惡的罪犯！

「世界上最兇惡的罪犯」和張小娟，這兩者之間，似乎不可能發生關係的。但是，誰又知道真的是否如此呢？要知道，兇惡的罪犯，不一定都是滿面橫肉的彪形大漢的！

我又將我自己幾次險遭毒針射中，以及幾次發現被毒針射死的屍體的經過情形，想了一想，我發現如果說，那是張小娟下的手，那也絕不是沒有可能的事情，因為沒有一次，是她和我在一起的。

我腦中極度混亂，我的腳步也漸漸加快。

在不知不覺中，我已經步行來到了張海龍的住宅之前，不需要通報，我就走了進去，而且立即被請到了張海龍牀前。

張海龍在睡了一覺之後，看來精神已略為恢復了些，他沉聲道：「護士說，小娟還在睡，醫生診斷的結果怎樣，你告訴我！」

我不敢正視他的臉，轉過頭去，竭力使自己的聲音，顯得平淡無奇，更無傷感成分，道：「醫生說，她因為刺激過度，需要極度的睡眠，因此已給她施行了麻醉，令她三日之內不醒。」

張海龍呆了一會，道：「衛先生，那麼我請你陪着她，不要離開她！」

我聽出張海龍在講那兩句話的時候，聲音十分奇特！

我不禁愕然道：「張老先生，你知道這是沒有可能的，我在這幾天中——而她有着四個護士在陪伴着，一定不會冷清的——」

固然，這幾天中，我無法陪伴着張小娟，我還有許多事情要做，這是原因之一，但是，我最主要的原因，還是為了我不願意對着一個根本已沒有了生命，但是卻會呼吸的人——不能稱之死人，也不能稱之活人的人！

張海龍望了我半晌，才道：「你不能陪她，我自然也不來勉強你——」他講到這裏，又頓了一頓，才嘆了一口氣，道：「只不過小娟若是醒了過來，看不到你，她一定會十分失望了！」

我聽了張海龍的話，不禁愕然，道：「張老先生，你的意思是——」張海龍道：「本來，小娟叫我不要對你說，但是我如今卻非說不可了。」

我更是詫異，道，「究竟是什麼事？」

張海龍道：「小娟有一次曾經對我說，她十分恨你，恨不得將你殺死！你要知道，她是一個十分文靜的女孩子，平時是絕不會講出這樣的話來的。」

我不禁呆住了，我的確不知道張小娟對我的感情竟這樣的濃烈。張海龍在我的肩上拍了一拍，道：「年輕人，但是我看得出，她在這樣講的時候，事實上，她心中是十分愛你的。」

我苦笑道：「只怕不會吧。」

張海龍道：「我是她的父親，從小看她長大，難道還不夠了解她？」

我心中暗忖，你根本不可能了解到張小娟的雙重性格的，你只當她是一個可愛的小女孩而已。

我想了片刻，心想納爾遜先生，不可能那麼早便來到此地，我何不利用這一兩天的時間，徹底了解一下張小娟的為人呢？

雖然張小娟已經完全喪失了智力，完全成了一個連動作都不能自主的白癡，我絕不能從她的口中，得到什麼，但是那也有好處，因為她也不會來妨礙我的行動了，我可以在她的房間中，詳細地搜索，我不奢望到可以發現她的日記，但是我至少希望可以發現一些線索，以徹底弄清她的為人。

我想了片刻，道：「好，我去陪她，但是我要所有的護士，不得我的呼喚，便不准進來。」

張海龍面露喜容，他不知道他的女兒實際上已和一具屍體，相去無幾，還以為他高傲的女兒，這次已獲得知心人了！

我轉過頭去，不忍看他面上那種疲乏的笑容，他送我到門口，自己便坐在太師椅上養神。我到了張小娟的房間中。

張小娟像是神話中的「睡美人」一樣，美麗而又寧靜地躺着，完全像是熟睡了一樣，但是卻沒有什麼「王子」可以令得她復甦。因為她的精神、思想的另一半已經消失了。

那就像一個玻璃杯，在齊中裂開之後，便不成其為兩個半個，而是一點用處也沒有了。張小娟和張小龍兩人的情形便是那樣，一半沒有了，另一半，也同樣地消失了。我只望了她一眼，便支開了護士。

我這才仔細打量張小娟的臥室。這間臥室，不消說，十分寬大。而且，被間隔成兩部分，一部分是書房，有着一張十分巨大的鋼書桌。

我在書桌前面，坐了下來，首先發現書桌上的所有抽屜，全是配着極其精巧的鎖的。這種鎖，是阿根廷一個老鎖匠的手製品，每一把鎖的價值，都在這張巨大的鋼書桌之上。

而在這張鋼書桌上，我數了一數，卻共有這樣的鎖九把之多。

固然，這可以說是闊小姐的奢侈，但是如果抽屜中的東西，不是名貴或重要到了必須用這樣的鎖的話，這種奢侈不是太過分了麼？

我本來，一坐在書桌之前，便已經將百合鑰匙取了出來的。但是我一見到那些鎖之後，便將百合鑰匙收了起來，這種鎖，沒有原來鑰匙是開不開的，有了原裝鑰匙，還必須要有開鎖的密碼，那是一句話，鎖匠隨高興而設，有時甚至是粗口，是西班牙文拼成的。

不懂密碼，沒有原裝鑰匙，世界上除了那個老鎖匠本身之外，便沒有人再能夠打得開這種鎖了。當然，使用炸藥，又當別論。那個老鎖匠早已退休，這種鎖在世界市場上十分吃香，張小娟一人擁有九把之多，大約可以稱世界第一了，我相信她是用她父親銀行的名義，在各地高價搜購來的。

我暫時放棄了打開抽屜的念頭，在書架上、衣櫥中，甚至沙發的坐墊之中，仔細地搜索起來。我又敲着房間中的每一寸牆壁和地板，掀開了廁所中的水箱，但是兩小時過去了，一無所獲。

張小娟的衣服倒並不多，我又花了十來分鐘，摸遍了她所有的衣袋，終於找到了大串鑰匙。

然後，我走了出來。我想要用正確的辦法打開那些抽屜，只怕是沒有可能的了。因為我雖然有了鑰匙，然而，卻沒有每一把鎖的密碼。

在每一把鎖上，字母孔的數字不同，有的是四十個孔，有的是三十幾個，沒有少過三十個的。

在四十個字母孔的鎖，就表示那句密碼，是由四十個字母組成的一句話。在那樣的情形下，想「偶然」地打開這些鎖，是根本沒有可能的事。

我雖然懂西班牙文，但是又怎知道那個天才的鎖匠，在製造之際，想到了什麼呢？或許他感到天氣很好，他便以「藍色的天空」作為密碼，或許他剛好捱了老婆的一頓臭罵，那麼他的密碼，便會是「該入地獄的長舌婦」了！

這並不是笑話，據我所知，美國製鎖協會的一具大保險箱上的鎖，也是那老鎖匠所製的，它的密碼乃是「沉重的肥臀」，大約他在製鎖之際，他的太太恰好坐在他的膝頭之故。

在那串鑰匙上，我發現有一條十分尖鋭的金屬棒，那當然是用來撥動字母之用的，我只是無聊地撥動着鋼桌正中那個大抽屜上的字母孔。

我在想，以張小娟的聰明，她是不是會根本不留下那些密碼，而是將之留在記憶之中呢？

這是十分可能的事，因為一個再蠢的人，也會記住幾句簡單的話的。但是我又想到，張小娟是一個過分聰明的人，太過聰明的人，有時反倒會做點笨事，她會不會顧慮到忽然會忘了其中一柄鎖的密碼，是以將所有的密碼，都記下來呢？

我一躍而起，又開始了大搜索。

然而我搜索的結果則是頹然地坐倒在書桌面前的轉椅上。也就在這時，有叩門聲傳來，我料到是張海龍，果然是張海龍。

他扶着一根手杖，向我頷了頷頭，道：「她還沒有醒麼？」我道：「還沒有。」張海龍到了她的牀前，呆呆地看了好一會，道：「小娟是一個十分文靜的孩子，但有時候，她卻又古怪得叫人意想不到，她二十歲生日那天晚上，你猜她對我說什麼？」

我對於張小娟二十歲生日晚上所說的話，一點興趣也沒有，我只是希望可以發現那些鎖的密碼，所以我只是隨口問道：「她說些什麼？」

張海龍撫摸着張小娟的頭髮，道：「她說，她有一天，或者會遭到什麼意外，那麼，我就要記住一句話，記住了這句話，是很有用處的，她那樣說。」

張海龍分明是在當笑話說的，那看他的神氣，便可以知道了。

然而我卻不是當笑話來聽的了，我整個心神，都緊張起來，但是我卻又不能太過分，以免引起張海龍的懷疑，道：「那是什麼？」

張海龍笑了一笑，道：「這頑皮的孩子，她要我記住的話，是：去你的吧。你說，她是不是孩子氣？」

我一點也不以為張小娟孩子氣。我迅速地在想，「去你的吧」，照西班牙文的說法應該是什麼，拆開來是幾個字母。

一分鐘內，我便發現「去你的吧」字母的數字，是和正中那個大抽屜鎖上的字母孔數字相吻合。我已經可以肯定，那一定是這柄鎖的密碼。

張小娟可能意識到自己在做着十分危險的事，總有一天會遭到意外的，所以才留下了那麼一句話，讓聰明人去揣摩其中的真正含意！

我立即道：「張小姐要安睡，老先生你——」

張海龍道：「是！是！我該出去了。」

他又扶着手杖，向外走去。我不等他將門掩上，便撲到了書桌之前，以那串鑰匙上的金屬棒，撥動着字母孔，等到字母孔上出現「去你的吧」那句話之際，我聽得「軋軋」兩聲響。

然後，我試到第四柄鑰匙，便已將那把鎖打了開來。

當我緩緩地拉開那抽屜之際，我相信運氣和成功的關係了。如果不是運氣好，張海龍千不說萬不說，偏偏說起了張小娟二十歲生日那年的「趣事」，我怎有可能打開這個抽屜？

等到抽屜拉開了一大半，我定睛看去。

首先觸目驚心的，是抽屜之中，有着七八柄極盡精巧之能事的手槍，還有幾個盒子，我打開那幾個盒子來看時，不禁呆了。

盒子之中，像放着珍貴的首飾一樣，白色的天鵝絨墊子之上，並排地放着三寸來長，藍汪汪的毒針，一共四盒，其中有一盒，已空了一大半。

那種毒針我是認得出的，正是一枚刺中，便可以制人於死的東西！

在那幾個盒子之旁，有一本小小的記事薄，我翻了開來一看，只見裏面，只有一頁寫着字，那是幾個人的通訊地址，而那幾個人的名字，相信任何一個國家的警方，看了都會大感興趣，那包括了職業殺人兇手、大走私犯、大毒販和從不失手的慣竊！

我合上那本記事簿，呆了半晌。我可以看到張小娟平靜地躺在牀上，我簡直不相信我所發現的會是事實。

然而那又的確是事實！

B醫生的話，又在我的耳際叫了起來：「每一個人，都有着良善和罪惡的兩種性格，一卵性雙生子，則可能由每一個人承受一面，如果一個是人格完備的完人，那麼另一個，一定是窮凶極惡的罪犯……」

我深深地嘆了一口氣，將盒子蓋上，在移動盒子的無意間，我又發現在鋼製的抽屜底上，鐫着幾行小字，小心看去，可以看出是八句意思不連貫的話。

我本來以為可以打開一個抽屜，已經是幸事了，因為這一個抽屜，已足以證明張小娟平時的行動，是罪惡的，和她來往的人，都是世界知名的罪犯，而且，一連串神秘的毒針謀殺，也正是她所主使的。這實在已經夠了。

而這時我所發現的這八句話，顯然是另外八個抽屜的密碼了。我看了看第一句，譯成中文，是「香噴噴的烤雞」。那是左手第一個抽屜的密碼，我毫不費力地將之打開，只見抽屜中滿是一束束的信件，我只是約略地看了幾封，我相信自己的面色都變了。

那些信件，全是張小娟和各地著名的匪徒的通訊，內容我自然無法一一公布，而且也沒有必要公布，因為和如今我所記述的這件事，並沒有直接的關係。

看了張小娟和各地匪首來往的那些信件之後，我才真正地知道了自己對於犯罪知識的貧乏。

雖然，各地的罪犯並不知道張小娟是什麼人，他們在來信中，都毫無意外地稱張小娟為偉大的「策劃者」，我在看了那些信件之後，才知道世界上有幾件著名的棘手案子，原來都是在張小娟的策劃和指導之下完成的。我相信國際警方，在得到了那些信件之後，一定會如獲至寶的。

而這種信件，一共塞滿了四個抽屜之多，那是左手邊的四個抽屜。

而當我根據密碼，再打開右手邊第一個抽屜之後，我看到了許多奇形怪狀的玩意兒。那些東西，有的像是手槍，但是卻小得可以握在掌心中，有的像是絕緣子，我根本不知道有什麼用途，相信除了張小娟以外，不會再有人知道了。

那些東西，我可以肯定的是，一定都是用來作謀殺用的工具。至於如何使用，以及會造成什麼樣的後果，那就非我所知了。

右手邊第二個抽屜是空的，第三個抽屜中，有着大疊的美鈔和英鎊，都是可以絕對通用的，數字之大，十分驚人。而當我打開最後一個抽屜之際，我不禁為之陡地一呆。

其實，我的一呆也是多餘的事了，因為我既然已經知道了張小娟的一切罪惡活動，對於這件事，自然也應該在意料之中的。在第四個抽屜中，放着一個文件夾，文件夾內，夾着厚厚的文件，這正是我取自張小龍實驗室中，後來壓在枕下，又離奇失蹤的那一束文件。

而除了那束文件之外，還有一疊紙頭，一看便知道是從一本日記簿上撕下來的。我立即想起了張小龍的那才被撕去所有寫過字的日記簿來，我連忙將這一疊紙取了起來，果然，那是張小龍的日記。

張小龍在日記中，所記過的事，最多的便是他如何克服心理上突然而起的犯罪衝動一事，並且，他再三再四地表示莫名其妙，不明白自己何以會事事起這樣的衝動。他並且十分慶幸自己終於未曾做出犯罪的事來。

張小龍不明白他自己何以會有這樣的衝動，但是我卻明白的。那是因為，在張小娟進行着犯罪活動之際，他心靈上也受了感應之故。但也因為他得到了完美人格的一面，所以他更能克服這種衝動。

我一頁一頁地看下去，只見有的地方，用紅筆批着「可笑」、「太蠢了」等字樣，字迹十分娟秀，大約是張小娟披閱她弟弟日記時的傑作。在日記的最後部分，張小龍提到了他在好幾個濃霧之夜，發現後院有神奇的「妖火」出現。

張小龍也記述了他自己去探索的結果，但是看來，在他就要弄明白那是怎麼一回事之際，他就被野心集團所擄去了。

我見到不能在張小龍的日記中，解決「妖火」之謎，心中不禁十分失望。

但是，張小龍的記載之中，幾次都提到他看到「妖火」的時候，都是在有濃霧的夜晚。這倒給了我一個啟示，因為我幾次見到「妖火」，也是在有濃霧的夜晚，我相信濃霧和妖火之間，一定有着十分密切的關係。雖然暫時我還不能確切地說出所以然來，但是，我卻已經有了一個概念。

我放下了張小龍的日記，又翻了翻張小龍的心血結晶，他的研究資料，我的心中，不禁感慨萬千。張小龍有了幾乎可以改造人類的發明，但是野心集團卻起而攫之，令得他喪生了。

這個發明，留在世上，究竟是禍還是福呢？我沒有法子判斷。

第二十部

真菌之毀滅力

我待了一會，將那束文件取了出來，逕自向浴室而去，我將所有的文件，一齊抖落在浴缸中。這真是許多野心家願意以極高的價錢收買的大秘密，也是人類文明的巔峰。

我又呆呆地望了片刻，然後，「拍」地一聲，燃着了打火機，點着了其中的一張紙。金黃色的火舌，迅速地蔓延。整個浴缸中都是火，我望着那些變幻無窮的火舌，直到眼睛發花。

半小時之後，火舌漸漸地弱了下去，所有的紙張，也都成了紙灰，我扭開水喉，將紙灰一齊沖了下去。張小龍天才的發明，如果公布出來，將是震驚全世界的一束文件，就這樣被我燒成灰了。

我望着黑灰一點一點在漏水孔處流下去，想着張小龍短促的一生，我眼前像是又浮起了他那種堅強不屈的神情來。

同時，我心中又浮上了一個問題：張小龍在野心集團的海底總部中究竟做了一些什麼事，令得野心集團陷入這樣的混亂之中呢？

根據張小娟說，她感到在那時，張小龍的心情是激奮和愉快的，那麼，他究竟做了一些什麼事，我在浴室中這樣想的時候，我便決定再到那海底總部去一次，以看個究竟了。

當然，我不能立即就去的，我必須和納爾遜先生見了面才行。

我待了好久，才退出了浴室。我將那張鋼桌的鎖都鎖上，讓所有的東西，都留在抽屜中。我知道，當張海龍知道他的女兒，將永遠不會醒過來的時候，他會不許人動這屋內的陳設的。而張小娟在暗中進行着那麼多，那麼驚人的罪惡活動一事，根本是沒有人知道的，那就讓它永遠沒有人知道吧！

中國人有寬恕死人的美德，張小娟如今已等於是死了，又何必再令她出醜呢。

我鎖上了所有的抽屜之後，撥亂了密碼字母，再將那串鑰匙，從廁所沖入了大海中。然後，我打開房門，召護士進來。關於毒針、謀殺，張小娟的身分這一部分之謎，我已經弄清楚了。我並且還可以知道，我之所以能幾次逃脱毒計的殺害，這並不是我的「僥倖」，也不是我的身手特別矯捷。

那極可能是張小娟故意網開一面之故。張海龍説她十分的「恨」我，男女之間，「恨」和「愛」，本來只是一線之隔的啊！

我踱出了張小娟的房門，到了張海龍為我所準備的客房中，睡了一覺，等我醒來時，發現張海龍已經坐在我的牀旁。

他整個人，像是石像一樣，一動不動，連面色都像是灰色的花崗石。我吃了一驚，連忙欠身坐了起來，張海龍仍是那樣地坐着不動，但是他顯然覺出我已經坐了起來，他低聲道：「謝謝你瞞住了壞消息不講給我聽。」

我吃了一驚，道：「誰？誰講給你聽的？」

張海龍道：「B醫生，我打電話去問他小娟為什麼那麼久還不醒，他告訴我，小娟不會醒了！」張海龍的聲音，平板到了極點，比新聞報告員還要缺乏感情。

我張大了口，不知怎樣接他的口才好。

張海龍望了我半晌，道：「你以為我會受不起這個打擊麼？不，我心中雖然痛苦，但是我可以禁受得起。我雖然老了，但是還有許多事可以做，在我以後要做的事中，有很多可能要你幫忙，你答應我嗎？」

我站了起來，道：「張老先生，我很少對人說謊詞，但是你是我值得尊敬的人。」

張海龍扶着手杖，道：「剛才有人打電話來這裏找你，因為你正沉睡着，所以我說你不在。」

我急忙道：「是什麼人？」

張海龍道：「我沒有問，但是他說，是從你家中打來的。」

我呆了一呆，立即已知道，那是納爾遜先生打來的。他來得那麼快，倒是大大出乎我意料之外的事情，我連忙道：「我要走了。」

張海龍並不留我，只是道：「你的事完了之後，你再來找我，我們合作，做一些對人類有助的事情。」我一面答應，一面已衝了出去。

到了街上，我截住了街車，向家中駛去，十五分鐘之後，我到了家門口，首先，我看到老蔡正在門口張望。

我一個箭步，竄了上去，老蔡「啊」地一聲，道：「小心，有幾個洋鬼子，在等着你。」我不及問他我上次回家時，他在什麼地方，只是奇怪「幾個洋鬼子」這句話，我決定不從正門進去，我爬上了水喉，從浴室進了屋中，然後下樓梯，從暗處向客廳內張望，只見納爾遜先生，面上露着十分焦急的神色，正在來回踱步，一個年紀較輕的警官，正在不斷地撥着電話，顯然是在追查我的所在。

和納爾遜先生在一起的，另外有三個「洋鬼子」，一個我是認識的，他是本地警察力量的最高首長。另一個，則穿着某一個強國的海軍少將的制服，還有一個更令我愕然，因為他雖然穿着便服，但看來竟像是更高級的將官。

我看了不到半分鐘，便走了出去，道：「各位等久了麼？」

納爾遜倏地轉過身來，以手加額，道：「上帝，你來了，我已經放棄了希望，以為你完了！」

我向前走去，道：「我完了，誰來向你講幾乎不可信的話呢？」

納爾遜道：「好，不要繼續幽默了，你究竟掌握了一些什麼資料？」

我笑道：「讓我先發問可好？首先我要問的，是你以什麼方法，從巴黎那麼快地趕到此地。」

納爾遜向那海軍少將一指，道：「他以海軍所屬的最新型飛機送我來的。」

我向那海軍少將望去，他對我的態度十分莊嚴，舉手致敬禮，道：「海軍第七艦隊副司令，隨時願意為國際警方服務。」

我嚇了一跳，道：「閣下突然來此，豈不是要使世界上所有的政論家都忙碌一番，來猜測你的目的麼？」

海軍少將笑了起來，向那個便裝的老年人一指，道：「那麼，這位聯合參謀本部的將軍的行動，將更其惹人注目了！」

我立即感到那人臉熟，他顯然不是願意多講話的傢伙，只是向我點了點頭。

我道：「納爾遜先生，這兩位將軍來到了這裏，可是意味着整個艦隊的力量，都可以調動麼？」

海軍少將道：「不是全部力量，是四分之三的力量，我相信已經夠了。」

我道：「是不是夠了，我還不知道，因為事情要就根本不必用武力，要就是貴國的全部軍事力量都投上去還不夠！」

海軍少將略現窘態，納爾遜道：「別賣關子了，快說吧！」

我自然也不想多耽擱下去，立即將我的遭遇，講了出來，到我講到在我到達野心集團的海底總部的時候，海軍少將按了按他身邊的召喚鈴，立即有一個海軍中尉由樓上跟了下來，我的家，竟成了臨時作戰指揮部了！

海軍少將傳達着命令：「命令所有的搜索艦，進行深海搜索，注意一個龐大的海底建築物，大約的區域是在——」他講到這裏，回過頭來望着我，我想了一想，道：「離東京之南，約四百里。」

海軍中尉不知道該不該再將我的話記下來，海軍少將已叱道：「快去傳達！」中尉狼狽地行了一個敬禮，便退了出去。

我繼續着我的敘述，又講到了我終於離開了那海底總部之後的種種事情。等到我講完，納爾遜先生道：「先生們，你們可知道事態的嚴重了麼？」

本地的警察首長苦笑道：「看來，我無可效勞之處了。」

的確，在那樣的大事中，一個小地方的幾千名警察，能解決什麼問題呢？

納爾遜先生站了起來，道：「走，我們到艦上去，等候搜索的結果？」

我本來就準備再到那海底總部一行的，自然是求之不得的事，立即站了起來，海軍少將也站起身，警察首長要告辭，納爾遜再三囑咐他不可將我們的行蹤，以及我剛才的話，向任何人透露。

我們一起離開了我的家，一小時以後，我們便已在一艘全速前進的小炮艇上，而到了下午四時左右，我們一齊登上了一艘巨大的軍艦，來到了指揮室中。海軍少將開始下令巨艦駛向接近搜索的地區。

這艘巨艦以及整個艦隊目的不明的行動，曾引起全世界政論家的揣測，有許多敏感的政論家們，以為是那個強國要干預東南亞某國的內戰，並還作了像煞有其事的分析。

我事後補讀當時世界各地的大報，當真有啼笑皆非之感！

搜索艦的報告，不斷地傳來，無線電報機的答答的聲音，不絕於耳，電報生迅速地翻譯着密碼報告，海軍少將接過報告來，看上一眼，便遞給納爾遜先生，納爾遜先看上一眼，便遞給我，我看了兩次之後，便不用再看了，因無發現。

一小時很快地過去了。海軍少將已不像開始時那樣起勁。報務員送來的報告，他甚至連看都不看，便遞給了納爾遜先生。

而納爾遜先生，也照例向我苦笑一下。因為搜索的結果，仍是「並無發現。」

一個半小時過去了，我發現海軍少將望向我的次數，顯然地增加起來。在他望我望來的時候，我已可以從他的眼神之中，看出他對我的不信任。

兩個小時過去了。海軍少將站了起來，道：「看來我們應該結束這毫無意義的搜索了。」納爾遜先生不愧是國際警察部隊的首長，和這個毫無忍耐力的海軍少將，完全不同。他以十分和平的語氣道：「或許還有什麼地方，未曾搜索到？」

時間過得飛快，我們上這艘軍艦，已過了五個鐘頭了，海軍少將召集了五艘搜索艦的艦長，聽取他們的直接報告，每一個人的報告都說，太平洋底的每一塊石頭，都數得清清楚楚了，但是卻絕沒有我所說的那樣的建築物，海軍少將望着納爾遜。納爾遜嘆了一口氣，道：「好，暫停搜索，但是艦隊不要移動，再等候新的命令。」

海軍少將十分不以為然，但納爾遜先生已經拉着我走出指揮室，來到了休息室中。

在休息室中，我們兩人，各自拚命地吸着煙，納爾遜首先開口，道：「我們自然十分重視你的報告，因為國際警方，在第二次世界大戰結束以後，有許多懸案都像謎一樣，難以解決，但是你的報告，卻為我們解決了這個問題。我們相信，一定有一個如今所說的海底總部存在！」

他講到此處，停了一停，堅定的眼光直視着我，道：「但是，你可是因為神經緊張，而記錯了這海底總部的方位？」

我立即道：「絕對不！」

納爾遜先生沉吟道：「但是我又不得不相信搜索的報告，這是一件十分奇怪的事——」

我道：「事情其實並不奇怪，只有三個可能。」

納爾遜先生「嗯」地一聲，道：「哪三個可能？」

我道：「第一、這野心集團的海底總部，雖然是一個極其龐大的建築，但是，卻是可以移動的，你別忘了他們已能利用海底無盡的暗流，來發出龐大的電流一事！」

納爾遜先生沉默了片刻，道：「這個可能性很小，因為世界各國的海軍，都得了警告，不知有多少遠程深海雷達探索器正在工作着，如果已移開去的話，我們也該接到報告了。」

我道：「好，第二個可能，是張小龍已不知用什麼方法，將這個龐大的建築物，完全毀了。」

納爾遜先生攤了攤手，道：「張小龍是一個傑出的生物學家，但並不是魔術家。」

我自己也知道這個可能不大，立即道：「第三個可能，最近情理，那便是在這個海底總部之外，一定有着某種防止雷達波探索的設置，或是擾亂雷達探索的裝置。使得雷達波所探索到的，明明是銅鐵，但傳回來的信號，是岩石，所以才使得探索沒有結果了。」

納爾遜先生沉思了片刻，道：「這個可能性很大，但我們應該怎樣呢？」

我道：「放棄雷達，用人，用人潛下海底去，以肉眼探索，什麼科學設備都可能受更高的科學設備蒙蔽，唯有人的眼睛，所看到的永遠是真相。」

納爾遜以手拍額，道：「噢！不！要海軍少將派出蛙人部隊麼？我寧願吞食一打活的蝸牛了！」

我也知道，如果要那個海軍少將派潛水部隊的話，他一定會以忍無可忍而拒絕的，所以我也早已有了主意，一聽得納爾遜先生那樣説法，我便道：「不用他派蛙人，只要他幫忙就行了，我去！」

納爾遜先生霍地站了起來，道：「你去？」

我聳了聳肩，道：「這有什麼奇怪？我只要海軍方面，派出一艘小型的深水運輸艇，那是任何蛙人部隊都有的東西，帶上一百筒氧氣，我可以創一個潛在海底的最高紀錄。」

納爾遜先生道：「以前的紀錄，是一百七十三小時，也就是七天另五小時。」我道：「我準備以十倍於這個的時間，去發現那個野心集團。」

納爾遜先生又想了一會，道：「你肯去，我代表國際警察部隊，向你致最高的敬意。我們還可以派出多艘的巡邏艇，你可以隨時上巡邏艇來休息。」

我點頭道：「那自然再好也沒有了，將我們的決定，去通知海軍少將吧！」

我和納爾遜一起出了休息室，到了指揮室中，海軍少將正在對他的下屬大肆咆哮，我們進去，由納爾遜先生將來意說明，海軍少將以奇怪而不相信的神色望着我，然後，他便依照納爾遜的指示，發布命令。

納爾遜要三十七艘巡邏艇。在我可能到達的海域之上，常備糧食、食水，不斷地巡邏。

任何一艘巡邏艇接到了我要浮上水面的信號，都應該立刻準備給我以最舒適的待遇。

納爾遜又為我要了一百筒氧氣，和一艘深海運輸艇。這種深海運輸艇，實際上只是一塊裝有馬達的鐵板，在載重之後，可以在海水中行駛，以減輕潛水人的負荷。當然，我也可以附在艇上，在海水中前進的。

一切全都準備好之後，又過去了大半個小時，我換上了全副蛙人的設備，帶了水底無線電聯絡儀，上了甲板，沿着右舷，向下走去，我看到巡邏艇正在紛紛出發。天氣很好，如果是潛水打魚的話，那是何等輕鬆的事情，可惜我不是。但是我心中卻也十分高興，因為到目前為止，這是我冒險生活的最高峰了！

我下了水，在水面浮了一會，操縱着小型深水運輸艇，使之沉下海去，我戴上了氧氣的口罩，也跟着沉下海去。

海水十分清涼，我直向海底下沉去。

海底的景物，和陸地上一樣，一處有一處的不同，絕對不是單調和統一的。這是任何潛水愛好者都明白的事情。

而我之所以自動請纓，要到海底來尋找那野心集團的總部，是因為我在乘坐「魚囊」離開的時候，將野心集團海底總部附近的地形記得十分清楚。我記得，當「魚囊」後面，傳來爆炸聲，也就是我剛離開海底總部不久的時候，我恰是在一條生滿了紫紅色的昆布的大海塹之上，因此，我只要以這條大海塹為目標，那就雖不中亦不遠了！

我自然不希望立即便會有所發現，因為我要搜索的目標，是在縱橫各一百浬以上的大區域之內，我盡我的力量，在海底游着，倦了，便伏在那深水運輸艇上，略事休息，氧氣用完了，我就海底更換。

第一天，我沒有收穫，我浮上了海面，在一艘巡邏艇上休息。

納爾遜先生趕來和我相會，問道：「可有希望麼？」我道：「當然有的，我已看到一些地形，像是曾經看到過的一樣。」

納爾遜道：「我們已另派出了專人，在驅逐有游近這裏的可能的鯊魚群，你只管放心好了。」

在那一夜間，我和納爾遜先生，兩人都沒有睡，納爾遜先生告訴我，他曾和幾個大國的最高秘密工作負責人作過坦誠的談話，那幾個人都告訴他，國內有許多地位重要的人。經常和一個來歷不明的地方，作無線電聯絡，而這些人，卻不約而同，在最近離開了本土。

毫無疑問，這些人一定是野心集團在各地網羅到的人物了。

我們又研討着張小龍用什麼方法，使得野心集團如臨末日，討論着那野心集團的首腦，究竟是什麼人，討論着野心集團到目前為止，是不是已被張小龍毀去了，還是張小龍作了無辜的犧牲。

我們的討論，都得不到要領。

我們望着遠處海面上的艦影，都覺得有一件事可以肯定的，那便是野心集團此際，至少也處在極度困難之中，要不然，何以不對付前來搜索他們的艦隻？

我們直談了一夜，天色剛明，我便服食了壓縮食物，又潛入了海底。

第二天，仍然沒有結果。海軍少將的面色，像是發了霉的芝麻醬。

第三天，我找到了那條生滿了紅色昆布的大海塹！

那條大海塹，在海底看來，簡直是一個奇觀。所謂海塹，乃是海底的深溝，那道深溝，一直向前伸展着，少說也有幾里長，在深溝中，生滿了火紅色的昆布，以致看來，像是有一條大火龍躺在海底一樣。

再加上所有的昆布，不斷地左右擺動，所以那條「大火龍」，看來竟像是活的一樣。

也正因為這裏如此壯觀，所以我才印象十分深刻。

我先游到了那條大海塹的一端，那是我乘坐「魚囊」離開時的方向。那也就是說，野心集團的海底總部，應該是在另一端。

我沿着海塹，向前游去，沒有多久，我愈來愈覺得海底景物的熟悉。我竭力回憶着「子母潛艇」到海底總部去時的情形，在海底盤旋着、游着、尋找着。

終於，在我幾乎筋疲力盡的時候，我看到了那塊熟悉的大海礁。我伸手摸在礁石上，那是真正的礁石。然而我卻知道，在那礁石之下，是魔鬼集團的海底總部！

我知道，當海底龐大建築物造成之後，建造這空前建築物的科學家，又在建築物之上，覆蓋了厚厚的海底礁石。

這就使得所有搜索艦的報告，都是「毫無發現」了，因為雷達波不能透過厚厚的岩礁，而探索到岩礁下的物事。

而這時，我之所以能肯定這一大堆礁石之下，就是野心集團的海底總部，乃是因為我看到了盤在礁石之上，那一大堆猶如海藻一樣的東西。那些東西，我知道是那所龐大建築物的空氣調節系統的吸收空氣部分，它們抽取海水中的氧氣，供應建築物中的人呼吸之用。

我潛得更深了些，那一大堆礁石之上，有着不少岩洞，我不能確定哪一個岩洞是我坐着小潛艇進入海底總部之處。

我徘徊了沒有多久，便發出了信號，浮上了水面。

一艘巡邏艇在我浮上水面之後的三分鐘，便駛到了我的身旁。我上了船，吩咐負責人記錄下船艇所在的位置。然後，我就坐在這艘巡邏艇，回到艦隻上，去向納爾遜先生覆命。

我一面在艦隻的甲板上，向司令室走去，一面在想，應該動員什麼武器向海底野心集團總部作攻擊呢？深水炸彈當然是最合適的，但是野心集團的科學水準，遠在我們地面上的人之上，難道他們便沒有反抗深水炸彈的辦法了麼？

當我想及此處的時候，我的心中再一次奇怪起來。

那件事便是：我們在這個海域上，已經活動了三四天之久，就在野心集團海底總部的上面。而在總部之中，是有着性能最佳的電視傳真設備，如果說野心集團的首腦，在海底總部之中，可以看到我們在甲板上行走，那絕不是誇大的說法。

但是令人費解的卻是，野心集團在這三四天中，竟一點動靜也沒有！

而且，剛才當我潛水去到野心集團的總部門前的時候，也顯得非常冷清，竟然沒有一個人出入，這又是什麼緣故呢？

我一面走一面想着，當然，那只有兩個可能，一個是野心集團是在放長線，釣大魚，要我們集中力量，開始向他們攻擊的時候，才開始反擊。

而另一個可能，則是：張小龍已經成功了！

張小龍已經實現了他的諾言，以他一個人的力量，來對付整個野心集團。然而，這個可能，又帶來了一個新的問題：張小龍是以什麼辦法來對付野心集團的呢？

當我想到這裏的時候，我已經來到了司令室的門口。但是，納爾遜先生，卻從隔壁休息室的門口，叫道：「衛先生，請你來這裏。」

我立即轉過頭去，只見納爾遜先生的面色，十分異特，同時，他手上握着一個瓶子。

我不知道發生了什麼事，只是道：「我已經發現了那個建築物，並且請第一一九七四號巡邏艇艇長記下了它的位置。」

我只當納爾遜一定會興奮和緊張起來，立即通知海軍少將，要他集中力量，進行攻擊了。

可是，納爾遜先生只是略為震動了一下，並沒有如我想像中的那種激奮，而且立即道：「你快來，我的中文不怎麼好，但是我卻猜得到，有一封信是給你的，你快來看看！」

納爾遜先生的話，令得我呆了大約一分鐘之久，我知道納爾遜先生是極其有修養，極其能幹的人。他絕不曾在這樣的情形之下和我開玩笑，也不曾在這樣的情形下因為過度緊張而胡言亂語。

但是，他剛才講的話，卻令我莫名其妙，因為我實是難以想像，在這樣的情形之下，會有什麼人寫信給我。而且，就算有人寫信給我，他又怎知我在這裏？退一萬步而言，即使有人知道我在此處，信件又是用什麼方法傳遞來的？

我呆了一分鐘，才向納爾遜先生走去，納爾遜揚着手中的瓶子，道：「你看，信在這裏。」

我的疑惑，更增加到了頂點，我一手接過那個瓶子來。瓶子的塞子，塞得很緊，裏面則放着一卷紙，在外面可以看見的部分，寫着一行英文字，道：拾到這瓶子的，請送到某地某處（那是我的住址）的衛先生，送瓶子的人，一定可以得到他受到的任何損失的十倍的賠償，或者更多。

而另外一行中文，則寫着我的名字，下面另有四個字，則赫然是「張小龍付」四字。

我一看到這四個字，全身都震了一震，立即抬頭起。納爾遜先生道：「快進來再說。」我立即跟着他走進休息室，他小心地關上了門，道：「是誰寫給你？」我道：「張小龍，它是怎麼得來的？」

納爾遜道：「我也料到是他了，二十分鐘前，我在甲板上，用五十倍望遠鏡眺望，看到海面上有一個瓶子在飄着，我便命一個水手去將它拾了起來。這件事，海軍少將還不知道，而且，我也不準備讓他知道。你先看看信的內容說什麼。」

我道：「但是我已經發現了那野心集團海底總部的所在了。」

納爾遜道：「我們還是先看信再說，我們在這裏好幾天了，但是對方卻不採取任何措施，這使我覺得，張小龍已經成功了，所以，我們要先看一看這封信，再作定論。」

我點了點頭，用力一捏，「拍」地一聲，將那個玻璃瓶捏碎，有幾片小玻璃片，劃破了我的手，我也顧不得去止血。

我取出了那卷紙，紙張的質地十分柔薄，那是野心集團以海藻為原料所製成的紙，我因為在野心集團的海底總部住過，也用過這種紙，所以一看便知道。

紙上的字迹，寫得十分潦草，而且，墨迹也十分淡，不是用心，一點也看不清楚，我先將幾張紙攤平，仔細地看去。

而納爾遜先生在旁，又心急地在問我：「他寫些什麼？他寫些什麼？」我就一面看着，一面用英文翻譯給納爾遜聽。

足足花了半小時，我才將信看完。納爾遜先生也已經完全獲知了這封信的內容。然而，我們兩個人，在沙發上坐了下來，一句話也不說，只是一支接一支地抽着煙，至少又有一小時之久。

在那一小時中，我相信納爾遜和我一樣，都是因為心中思潮起伏，太過激動，受到所發生的事情，太過離奇，太過不可想像而變得發呆了。

那封信，現在被國際警方當作最秘密的檔案而保管着，但是我還可以默寫出來，雖然未必每一個字和原來的一樣，但大致也不會相去太遠。

納爾遜先生是竭力反對公開這封信和公開這種事情的。

但是我卻堅持要這樣做。

我堅持要這樣做的原因是：

納爾遜說這種事公布出來，會使得人心激盪。但是我的意見則是，即使將每一個細節都照實地記述公布，也絕不會引起任何人心激盪不安的。因為，任何人看到了這樣的故事，都會以為那只是一個小說家的創作而已，誰會相信那是真的事實呢？

所以，儘管納爾遜先生的激烈反對，我還是要將那封信默寫出來。

下面就是那封信的內容：

「衛斯理君：我是一個性格十分怪僻，只知科學而不知人情的人，所以，我可以説沒有朋友，在美國求學時是這樣，回來之後仍舊是那樣，我在我父親那裏取到的錢，用在科學實驗上的，只不過十分之一。

其餘的十分之九，都是給假裝是我的朋友的人所騙走的。但是我卻十分欣慶，在我死前，究竟有了一個朋友。那個朋友，自然就是你了。

「你不要以為我和你吵過架，又趕你走，這是對你的不友善，而事實上，我卻是在救你，因為你不能留下來，你留下來的結果，是和我，和在這裏的所有人一樣：死亡。而我終於聽到了你逃走成功的消息，我很高興，希望你在讀到我這封信的時候，正是陽光普照，平靜寧和，那正是我的願望。

「你一定記得，當你有一次來見我的時候，我正在工作着，我手中拿着一隻試管，試管中有小半管液體，而當我看到你時，手震動了一下，幾乎將那液體震動了一點出來，當時我連聲呼叫『危險』，但是你可能不明白那是什麼意思的。

（這件事，不是張小龍在信中提起，我幾乎忘記了，而我的確不知道當時張小龍高叫「危險」是什麼意思。）

「我那時叫危險，是真正的危險，因為只要那液體濺出了一滴——即使是肉眼所難以看到的微小的一粒，也足以使你和我，都變成一棵人形的樹木了。你或許以為我在講笑話：人形的樹木，那是什麼東西？其實，人形的樹木，那就是一棵樹，樹的稱呼或者不怎麼確切，可以說是一種植物，但是形狀完全和人一樣！

「你或許仍然不明白我的意思，是嗎？

「我再進一步地解釋一下，有一種十分普通的中藥藥材，出在四川、西康、打箭爐一帶，叫作『冬蟲夏草』，你一定是知道了！

「冬蟲夏草是一種十分奇特的自然現象。以前，人們以為那是生物『化生』的結果，夏天是草，冬天是蟲，由動物而植物，由植物而動物地變化着。但後來，細心觀察和研究的結果，知道這種説法是錯誤的。正確的是，『冬蟲夏草』

本來是蟲。但是，當冬天，這種蟲蟄伏在泥土中的時候，卻受到了一種細菌的侵襲——說是細菌，那還不十分恰當，因為這種菌，在生物學上來說，比細菌還要低級，叫着『真菌』，是介乎植物和動物之間的東西，但是，這種在高度顯微鏡下也難以看得清的小東西，生命力和繁殖力之強，卻是任何一種高級動物所不及的。

「我想你一定明白了，當這種真菌，進襲進蟲體之後，它以驚人的速度繁殖着，那是幾何級數的增長，而蟲體內的一切，都成了牠們最佳的營養，於是蟲死了，留下一個軀殼。而被億億萬萬的真菌所集成的，像一株草一樣的東西，頂出了土面。

「這便是冬蟲夏草的形成經過。中國人以為這種東西的功用和人參一樣，是一種補藥，但在我的眼中，這是一種十分奇怪的自然現象，更由於這種真菌的繁殖之快，十分驚人，所以，那一直是我的研究項目之一。

「而當我知道了自己的處境，知道了某些卑劣的野心家，竟準備利用我在科學上的發明，而想征服全人類之後，這便成了我竭全力研究的項目。

「由於這裏的一切設備，是那麼地完善，所以，我發明了一種更適宜於這種真菌生存的培植液，經由那種培植液培植出來的真菌，它們的繁殖速度，是每二點三七秒，便增加一倍。

「只學過簡單數學的人，也可以計算得出，即使只有一個這樣的真菌，以這樣的速度繁殖的話，在一小時之內，可以變成多少個，粗略地來說，那是二的一五一八次方，這是多麼驚人的數字，而你看到的那試管之中，已經有億億萬萬這樣的真菌了！

「只要培植液一乾，肉眼所絕對看不到的真菌，便在空氣中飄蕩，人是沒有法子不接觸空氣的，要接觸空氣，就要接觸這種真菌，而這種真菌，也隨着呼吸，進入體內，我已經計算過了，大約只要七分鐘的時間，進入人體內的真菌，便足以使一個人，變得和『冬蟲夏草』中的蟲一樣——徒然擁有一張皮和一副骨，其餘的一切，都變成了植物性真菌的盤踞之所，可能在足底下會生出根來，使之固定在一個一定的地方，這是這種真菌的植物性的表現。

「我有那半試管的培植液，便可以對付這個野心集團了。我變得聰明了許多，我知道有時是要隱瞞一下自己的真正意願的。

「於是，我告訴他們，我願意和他們合作了，他們立即開始召集在全世界各地的爪牙，而我的地位，也得到了空前的提高，人人都對我十分恭敬，我知道這是他們要利用我的緣故。

「就在他們對我放棄監視的情形之下，我寫了這封信，通過一條氣管，使之浮上海面，同時我已決定，在野心集團大會召開之時，我將這半試管真菌，傾倒在整個空氣調節系統的通風設備之中，然後，我再去告訴他們，讓他們知道，他們的末日已經到了，可惜沒有人活着看到當時的情形，否則，一定很有趣的。

（我將信讀到這裏，停了好一會。因為這世界上，只有我一個人，是曾經看到當時的情形，而如今仍然活着的一個。當時，海底總部的混亂情形，還歷歷在目，這是我百思不得其解的謎，張小龍的信為我解開了。）

「當然，野心集團的一切科學家，會盡量利用來幾分鐘的時間，來為他們自己，解除厄難，希望能夠消滅這些，以幾何級數，成倍成倍增長着的真菌，但是他們的任何努力，將歸於失敗。

「除非他們出動死光，但出動死光的結果，是連人帶真菌一齊死亡。

「至於我自己，自然也是非死不可的了，我並不在乎這一點，人孰無死？我為世人消除了一個絕大的禍胎，我死得更高興。

「當這封信交到你手中的時候，我不知道何年何月了，也有可能，你永遠看不到這封信。但只要你能夠看到這封信的話，我要你記得一件事：絕不要再踏進那海底建築物半步。

「即使你是第二天就看到了我的信，整個海底建築物內部，都已充滿了這種真菌，任何人進去之後，只要幾分鐘，就會變成一株人形的植物了。

「你也不要試圖去毀去那海底建築物，因為海水對於這些真菌，有隔絕作用，真菌不可能活着離開海水，但如果有爆炸，便會有極少數目的真菌，能活着離開海面的話，那麼，這種經過特殊方法培植的真菌，約莫在二十天左右，便成為地球的主人，使得整個地球，變成沒有動物的星球。

「而只要沒有人進去，不去從事毀壞這個海底建築物的工作，那麼，在若干年後，真菌繁殖的結果，必然會趨向自我毀滅，危險性也就消失了。

「這是我最後的一封信，講了許多難以令人相信的事。最後，請你婉轉地代告家父：我死了。並請你安慰他和我的姊姊。張小龍。」

整封信中，沒有一點臨死的悲哀。

我明白到張小娟所感受到的心靈感應：豪邁、光榮、興奮、激昂——張小龍的確是在這樣的心情下死去的！

我和納爾遜兩人呆了好一會，納爾遜才道：「你發現了海底建築物一事，已對人說起過了麼？」

我道：「沒有，我只是請那位巡邏艇艇長，記住一個位置而已。」納爾遜一伸手，要過了那封信來，輕輕地拍着那幾張紙，道：「你說該怎麼樣？」

我立即道：「我們相信張小龍的話，他已經成功地毀滅了整個野心集團的精銳，並且，沒有人可以再踏進那建築物，我們還是遵照他的吩咐行事好。」

納爾遜先生還在沉吟，忽然休息室外，傳來「澎澎」的打門聲，不等納爾遜先生出聲，海軍少將已經推開門，衝了進來。

他面上帶着怒容，道：「結果怎麼樣？」

那個海軍少將，以為我一無發現，沒有面目見他，所以才怒氣沖沖地趕來責備我的。

我只是望着他，並不出聲，納爾遜先生坐了起來，來回踱了幾步，才道：「對不起得很，我們接受了一個錯誤的情報，使貴國的艦隊，勞師動眾，白跑了一趟。」

我聽得納爾遜如此說法，心中鬆了一口氣。

雖然，納爾遜先生將我正確的經歷，說成「錯誤的情報」，但是我知道他那樣說法，是不準備違反張小龍的囑咐了。

海軍少將幾乎整個人都跳了起來，大聲叫道：「錯誤的情報，他媽的——」

他可能還會罵出很多難聽的粗話來的，但是納爾遜先生的話卻阻止了他，道：「一切情形，我會向貴國最高當局解釋的。」

海軍少將瞪着眼睛，慢慢地走了出去。

納爾遜忽然緊緊地握住了我的手，道：「衛君，我們兩個人，共同知道一件秘密，我們也是好朋友，是不！」我十分欽佩納爾遜的為人，他沒有一般西方人的輕妄無知和自傲自大，卻有着縝密的頭腦和最和善的待人方法。

我道：「我們之間，早就是好朋友了。」

納爾遜先生笑了一笑，道：「我們以後，大約還有合作的機會。為了這件事情上你給我們的幫助，我要送給你一件小小的禮物。」

我連忙道：「這種禮物，可否由我來提議？」

納爾遜笑嘻嘻地望着我，道：「你要什麼？」

我道：「聽說，國際警察部隊的最近發出一種金色的證件，而持有這種證件的人，可以在承認國際警察部隊的國家中，享有一種十分奇特的權利，他的行動，不會受到當地警方的干涉，而且還會得到協助，這可是真的？」

納爾遜道：「是真的。」

我道：「好，我就想要一份這樣的證件。」

納爾遜抗議道：「那不行，這種證件，世界上一共只有九份——」我不等他說完，便道：「不行麼？那就算了吧！」

納爾遜沉吟了半晌，忽然改口道：「好，你可以得到這樣一份證件。但這份證件上，要有各國警察首長的簽名，你能等上幾個月麼？」

我心中大是高興，道：「好，你相信我絕不會利用它來做壞事的。」

納爾遜先生道：「如果你利用這份證件來走私的話，那麼，一個月之內，世界第一富翁，不是沙地阿拉伯的國王，而是你了！」

我笑了起來。納爾遜先生收好了張小龍的信。

艦隻到了岸旁，我和納爾遜，在海軍少將的白眼下上了岸。

納爾遜立刻和我分手，我回到了家中，和張海龍通了一個電話，將張小龍信的內容，在電話中講給他聽，他約我到郊外的別墅中去見面。

當天晚上，又是濃霧之夜，我驅車在郊區的公路上急馳着，心中又在盤問着自己，關於那「妖火」的秘密，到了別墅，張海龍一個人在客廳中。想起我第一次到這裏的情形，我不勝感慨，因為我第一次來的時候，張小娟正在這裏聽音樂，而如今，她卻成為現代的「睡美人」了！

張海龍和我，都沒有說什麼話，我們默默地對坐到半夜，才各自去就寢，我睡在張小龍的房間中，翻來覆去睡不着。

我輕輕地走下了樓梯，到了儲物室中，打開了那個通向野心集團分支部的門。

本地的警方已經來過這裏了，但除了搬走了屍體之外，一切都沒有動過。我忽然看到一架像是電影放映機似的物事上，有一盞小紅燈亮着。我走近去，輕輕地按着機上的按鈕，突然之際，我眼前一亮，在前面，透過窗外，可以看到紅色的、耀目的光，如同火焰一樣。我陡地想起，幾次看到「妖火」全是在濃霧之中，霧拉起着銀幕的作用，可以使放射出來的影像停留。

而這是可以放映出「妖火」的裝置，它的目的，我也早該知道了，甘木曾經說過，他們使張小龍自己以為極度神經衰弱，自稱看到的「妖火」是幻象，而求救醫生，結果張小龍就是被醫生「拐」走的，這是野心集團幹的好事。

我也相信，張小娟其實早已知道這一點，我幾次看到妖火，可能是張小娟的傑作。張小娟為什麼知道了這個秘密而不予揭露呢？自然是因為她的內心充滿了犯罪意識之故。

唉！人的內心的邪惡，才是一股真正的妖異之火！

（全文完）

衛斯理小說典藏版　40

真菌之毀滅

作　　者：　衛斯理（倪匡）
責任編輯：　謝祖安
封面設計：　李錦興
出　　版：　明窗出版社
發　　行：　明報出版社有限公司
　　　　　　香港柴灣嘉業街18號
　　　　　　明報工業中心A座15樓
電　　話：　2595 3215
傳　　真：　2898 2646
網　　址：　https://books.mingpao.com/
電子郵箱：　mpp@mingpao.com
版　　次：　二〇二二年七月初版
I S B N：　978-988-8688-88-3
承　　印：　美雅印刷製本有限公司